신의 아이
백색인白い人

신들의 아이
황색인黄色い人

신의 아이
백색 인白い人

신들의 아이
황색 인黄色い人

엔도 슈사쿠 지음
이평춘 옮김

어문학사

차 례

신의 아이
백색인白い人

1

1942년 1월 28일, 이 기록을 남긴다. 연합군은 이미 봐 란스로 다가오고 있기 때문에 빠르면 내일이나 모레에는 리옹시에 도착할 것이다. 이미 패배가 결정적이라는 것은 나치 자신이 가장 잘 알고 있다.

이 글을 쓰고 있는 지금도 방 유리창이 심하게 흔들리고 있다. 전쟁터의 포성 때문이 아니라 나치 스스로가 폭파시 킨 론 강 교량이 파괴되는 소리다. 하지만 교량을 파괴하 거나 비엔나에서 리옹에 이르는 K2 도로를 토막토막 끊어 놓는다 해도 해일처럼 밀려오는 연합군은 막을 수 없을 것 이다. 파리의 폰 슈텍 장군은 리옹을 지키라고 명령했지만, 사수는 고사하고 작전적인 후퇴조차 잘 진행될지 모르겠다.

사람들의 얼굴이란 얼굴들은 모두 흉악하게 일그러져 있다. 어제부터 연합군을 향한 나치의 증오심은 리옹 시민에게 쏟아지고 있으며, 궁지에 몰린 쥐가 고양이가 아니라 동족에게 덤벼들듯이 오늘 프란츠, 한츠, 페터라는 나치의 병사들은 오로지 리옹 시민들을 괴롭히기 위해 몰려오고 있다. 레퓨브릭 거리에서도, 에밀 졸라 거리에서도, 그들은 처녀들을 농락하며 주택가와 가게들을 휩쓸고 있다. 나치가 자랑하던 군기軍紀 따위는 어찌되든 상관없다는 식이다.

그들의 핏발 선 눈과 분노로 일그러진 뺨을 상상만 해도 입가에 조소가 번지는 것은 어찌할 도리가 없다. 현실 속에서 문화라든가, 그리스도교라든가, 휴머니즘 같은 것은 아무런 도움이 되지 않는다. 나치에게 한정된 일만은 아닐 것이다. 연합군이든, 유럽인이든, 동양인이든, 인간은 모두 그러할 것이다. 오늘 학살당하는 자가 내일은 학살자, 고문자로 바뀐다. 내일은 리옹 시민들이 이를 갈면서 미처 도망치지 못한 독일인과 자신들을 배신한 나치 협력자들을 처형하는 날이 될 것이다. 마르키 드 사드는 다음과 같은 말을 하고 있다.

……그래서 인간의 피는 붉게 물들고
그 눈은 고문의 쾌락으로 빛나고……

나의 감긴 눈 안쪽에선 늙은 개의 목을 짓눌렀던 하녀 이본느의 탄탄하고 하얀 허벅지가 선명히 떠오른다. 나는 그것이 인간이 타인에게 할 수 있는 솔직한 모습이라고 생각한다.

이본느의 하얀 허벅지……. 크로와 르츠 집의 창을 통해 등나무 꽃이 날리는 길을 내다보다 우연히 목격한 그 사소한 사건은 나의 소년 시절에 결정적인 상흔을 남겼다. 다른 소년들이라면 아무렇지도 않게 보아 넘겼을 이 사건이 왜 내게만 불에 덴 흉터처럼 지울 수 없는 흔적으로 남겨졌을까? 오늘, 내가 프랑스인이면서도 독일 게슈타포의 협력자가 되어 동포를 괴롭히는 길을 선택하게끔 한 그 요인을 설명하기 위해서는 유년 시절의 기억까지 거슬러 올라가지 않으면 안 된다.

나의 아버지는 프랑스인이었는데, 리르의 공업기술학교에 있을 때 독일인인 어머니와 약혼을 했다. 결혼 후 그들은 리옹에 살았다. 나는 못생긴 아이였다. 못생겼을 뿐만 아니라 태어날 때부터 사팔뜨기였다. 훗날 아버지를 떠올릴 때마다 나는 18세기의 천박한 방탕아의 초상화를 떠올린다. 리옹의 오페라 극장 옆에서 노인들이 외설적인 잡지와 함께 팔고 있는, 졸렬하고 난잡한 그림들의 주인공 같은 얼굴이다. 사실 그는 체격이 좋고, 키가 작고, 약간 통통한 남자였다. 하얗고 통통한 몸과 여자같이 작은 손을 지니고 있으며, 눈물샘이 발달해 있는지 눈만은 늘 물기로 젖어 있었다. 훗날 자동차 사고로 죽기까지 병다운 병도, 죽음에 대한 공포도 몰랐다.

나는 고무공 같은 아버지의 몸에 손가락을 대어 본 적이 있다. 손자국은 영원히 그의 하얀 피부 위에 남아 있었다. 어머니가 엄격한 청교도가 된 것도 생각해보면 아버지의 방탕한 생활에 대한 혐오감 때문이었는지 모른다. 자신의 쾌락 밖에 모르는 이 남자는 야위고 사팔뜨기인 아들에게 애정을 품지 않았다. 나에겐 결코 잊을 수 없는 일이 있다. 어느 날, 그는 내 눈앞에서 손가락을 움직이며 말했다.

"오른쪽을 보란 말이야. 오른쪽을!"

그리고 그는 일부러 크게 한숨을 내쉬었다.

"너는 평생 여자들한테 인기가 없을 거야."

내 얼굴이 못생겼다는 것을 깨닫게 된 것은 그때부터였다. 나는 내게 못생겼다고 말한 아버지를 증오했다. 거울을 보는 것도 괴로웠고, 길에서 소녀들과 스쳐 지나갈 때도, 새로 온 하녀에게 소개되었을 때도 고통스러웠다.

아버지가 어머니를 얼마나 사랑하고 있었는지도 미지수이다. 그는 사업 때문이라며 한 달 중의 반은 집을 비웠다. 내가 11살 때의 일이다. 그날 어머니는 집에 없었다. 아버지는 갑자기 공장에서 밤색 머리의 젊은 여자를 데리고 왔다. 한참 동안 두 사람은 한 방에 틀어박힌 채 나오지 않았다. 돌아가는 길에 여자는 현관에서 내 머리를 쓰다듬으며

"귀여운 애구나."

라고 말했다. 그때 나는 그 여자를 증오했다. 그녀는 손가방에서 봉봉* 한 봉지를 꺼내어 내게 주었다.

여자에 대해서도, 봉봉에 대해서도, 어머니에게는 말하지 않았다. 물론 아버지 편을 든 것은 아니다. 그렇다고 어머니를 동정해서도 아니다. 단지 나는 이 비밀을 비밀로서 숨겨두는 것에 왠지 희열을 느꼈던 것이다. 밤중에 침대 속에서 몰래 그 봉봉을 깨물며 나는 이 비밀로 인한 희열을 은밀히 즐겼다. 하지만 오해하지 않길 바란다. 오늘날의 나의 무신론은 아버지의 교육 때문이 아니다. 오히려 청교도인 어머니에 대한 반항에서 비롯되었다고 하는 편이 옳을 것이다.

---

* 역주 – 겉을 설탕으로 굳히고, 속에 과즙이나 위스키, 브랜디 따위를 넣은 과자

오늘날, 1930년대 프랑스 리옹의 프로테스탄트 가정을 상상하기란 쉬운 일이 아니다. 아버지에 대한 반항심에서 어머니는 나에게 엄격한 금욕주의를 강요했다. 열 살이 지나고부터 어머니는 사촌지간이라 하더라도 여자와 둘이 있는 것을 용납하지 않았다. 그녀는 무엇보다도 내가 죄의 유혹인 육욕에 눈뜨는 것을 경계했던 것이다. 그녀는 밤에 잠자리에 들 때도 하반신을 쳐다보지 않고 잠옷을 갈아입도록 했고, 양손을 모포 속에 넣는 것도 금했다. 어머니는 이미 욕망의 피가 끓어오르기 시작한 나의 육체로부터 욕망의 불길을 부채질하는 모든 것을 제거하려고 노력했다.

어리석은 어머니라고, 나는 훗날 자주 생각했다. 그렇게 염려하지 않아도 나는 여자에게 비웃음거리가 되는 자신의 얼굴을 알고 있었다. 그녀는

'밟혀 꺼진 재에서 한층 거센 불길이 타오른다'

라는 옛 속담을 잊고 있었던 것이다. 어쨌든, 그녀는 성 티레네 거리의 프로테스탄트에서 운영하는 초등학교에서 목사가 우리에게 나누어 준 책 외에 다른 책은 절대로 못 읽게 했으며, 흔히 그 나이의 아이들이 즐겨 읽는 『성 드리안』과 『아라비안나이트』까지도 (아마도 나의 관능을 자극하고 눈 뜨게 한다고 생각했을 것이다) 친구한테서 빌리는 것을 용납하지 않았던 것이다.

1930년경의 리옹은 아직 18세기의 리옹과 별로 변함이 없다. 낡고 습기 찬, 수십 년 동안 사람들의 냄새가 밴 크로와 르츠의 저택에서 나는 하는 일 없이 혼자서 조용히 지내고 있었다. 다른 아이들처럼 여자 아이와 소꿉장난을 한다거나, 고리 던지기 같은 놀이조차도 할 수 없었다. 그러나 악마의 최대 유혹은 그 모습을 드러내 보이지 않는다는 점이다. 악마는 어느 날, 모든 죄로부터 격리되었어야 할 나에게 갑자기 악의 쾌감을 가르쳐주었다…….

집 근처에 주인 없는 늙은 개가 있었다. 옛 주인은 구두 가게를 하던 노인이었는데, 그가 폐병으로 죽은 후에도 개는 그 집을 떠나지 않고 매일 주변을 헤매고 있었다. 나는 등하교 때마다 그 개를 만나는 것을 무서워했다. 피부병 때문인지 털이 빠져 붉은 맨살이 드러났고 그뿐만 아니라, 그 개는 죽은 주인처럼 끊임없이 기침을 하며 돌아다니고 있었던 것이다. 나는 그 곁에 다가가면 피부병은 아니더라도 결핵균이 옮을지 모른다는 불안에 시달렸다.

봄이 끝나가는 어느 날의 일이다. 나는 열두 살이었다. 그날, 나는 아파서 학교에 가지 않았다. 어머니는 나를 2층의 침대에 눕혀 놓은 채 아래층 응접실에서 이따금 찾아오는 목사와 이야기를 나누고 있었다. 조용했다.

침대에서 따분하게 바깥을 바라보고 있었다. 침대는 창

가에 있었기 때문에 약간 침대가로 몸을 기울이면 집 앞의 길을 바라볼 수 있었다.

한낮이라서 길에는 아무도 없다. 맞은편 집의 높은 담장 너머로 피어 있는 등나무의 보랏빛 꽃이 바람에 날려 떨어지고 있다.

그런데 나는 이상한 광경을 목격했다. 하녀인 이본느가 가만히 길 구석에 쪼그리고 앉아 손짓으로 뭔가를 부르고 있다. 이따금 그녀는 한쪽 손으로 고기 조각을 내밀어 흔들어 보인다. 나는 의아하게 생각했다.

병든 개는 기침을 하면서 이본느 쪽으로 비틀거리며 다가간다. 개는 쪼그려 앉은 그녀의 양다리 사이에 머리를 조아리며 애원하는 듯한 자세를 취했다.

그러자 이본느는 고기 조각 대신에 끈 하나를 손에 들더니, 한쪽 무릎으로 버둥거리는 개의 목을 누른 채 순간적으로 늙은 개의 입을 묶었다. 상반신을 창에 걸친 채 나는 떨고 있었다. 이본느는 놀리듯이 묶인 개의 주둥이 앞에 고기 조각을 가져간다. 개는 양다리에 경련을 일으키며 뒷걸음치려고 한다. 이본느는 오른손을 들어 심하게 개를 때리기 시작했다. 개의 목은 그녀의 하얗고 굵은 허벅지에 눌려 있었기 때문에, 오로지 다리만을 공허하게 허둥거리며 고통스러워하고 있었다. 이윽고, 이본느는 한쪽 무릎을 들어 주둥이에 묶인 끈을 풀어주고는 아무렇지도 않은 표정으로 우리 집 현관으로 걸어갔다.

지금도 나는 그 하녀가 왜 그랬는지 알 수 없다. 아마도 그녀는 우리 집에서 고기 조각을 훔친 이 늙은 개에게 복수한 것이리라. 그러나 그 행동은 창을 통해 그 광경을 엿보고 있던 12세 소년의 생에 결정적인 흔적을 남겼다. 나는 몸을 떨면서 모든 것을 보고 있었다. 그러나 그것은 공포 때문이 아니다. 불쌍한 어머니가 아들에게 강요한 순결주의의 두꺼운 벽이 그날 소리를 내며 무너졌던 것이다. 그때 내가 맛보았던 것은 정욕의 희열이다. 그 폐병을 앓는 늙은 개의 목을 꼼짝 못하게 누른 이본느의 포동포동한 무릎은 낙인찍히듯 내 기억 속에 하얗게, 너무나도 하얗게 남겨졌다. 나의 육욕은 학대의 쾌락을 동반하며 눈을 뜬 것이다.

자신의 은밀한 비밀을 다른 사람에게 이야기할 만큼 나는 어리석지도 순진하지도 않았다. 아버지, 어머니, 학교의 목사도 이러한 나를 악의 희열을 모르는 평범한 소년이라고 믿고 있었겠지만.

교회에서도 나는 자신에게 주어진 이미지에 따라서 경건하게 기도하는 척했다. 하지만 성 티레네의 그 칼빈 초등학교의 교회에서 내가 올려다 본 것은 결코 신神이 아니었다. 벽에 걸린 지옥의 상상화, 거기에는 죽은 죄인이 알몸인 채로 시커먼 악마에게 고통을 당하고 있었다. 그들은 채찍질 당하고, 혹은 손발이 절단되어 있었다. 이전엔 나에게 일종의 공포를 안겨주었던 것이 지금에는 묘한 쾌감을 느끼게 한다. 나는 채찍질하는 악마의 부릅뜬 눈에서 그날 처음으로 맛본, 격동하는 희열을 느꼈다.

　다른 아이들에겐 무심코 지나칠 사건이건만 왜 사신만이 그런 감각에 눈을 떴는지, 지금도 나는 불가사의하다. 프로이드파派에 의하면, 이런 사디즘은 어머니에 대한 아이의 콤플렉스에 의한 것이라고 한다. 만일 그 이론대로라면, 나는 자신을 엄하게 교육시킨 어머니를 마음속으로 은밀히 증오하고 있었던 것은 아닐까? 아이로서 누릴 기쁨과 자유를 금하고, 그 크로와 르츠의 방에서 유년기를 보내게 한 어머니를 통해서 여성에 대한 증오심을 키우고 있었던 것은 아닐까? 그러나 미리 말해 두지만, 내 경우에 있어 사디즘은 이 융통성 있는 정신분석학의 이론대로 되지는 않았던 것이다. 나는 단순히 여성에 대해서만 자신의 가학 본능을 느꼈던 것이 아니다. 여성뿐만 아니라 모든 인간, 과장해서 말한다면, 훗날 나는 모든 인류를 괴롭히고 싶다는 욕망을 느끼기 시작했던 것이다.

　서두르지 않으면 안 된다. 이제 시간이 별로 없다. 다시 격렬한 폭발음이 창을 뒤흔들고, 벽이나 천정으로부터 고운 벽돌 가루가 떨어진다. 지금 파괴된 것은 라파이엣트 다리일 것이다.

하지만 그런 것은 아무래도 상관없다. 나치가 패배하여 도망치든, 연합군이 리옹을 탈환하든, 파시즘이 무너지고 소위 민주주의가 승리를 거두든, 그런 것은 내 알 바 아니다. 반독抗獨운동가, 공산주의자, 크리스천들이 역사의 진보, 정의의 증명들을 구실로 삼고 있지만 나는 거기에 관심이 없다.

만일, 모레의 리옹의 운명에서 나와 관련된 것이 있다면, 그것은 내가 독일 게슈타포의 협력자가 된 배신자로서 규탄 받는 것뿐이다. 레지스탕스와 그 일당을 재판하고 고문 학대한 그 '폼 드 테르' 사건의 한 일당이라고 해서 동포(?)로부터 복수당할 것이다. 물론 도망칠 생각이다. 나는 살아야 한다. 무엇보다도 역사가 이러한 나를 아니, 내 안의 고문자를 지상에서 제거하는 것은 절대로 불가능하다. 그 사실을 나는 이 기록에 남겨두고 싶은 것이다.

2

아무도 나의 은밀한 비밀을 알아채지 못했다. 물론 어머니도 교사도 목사도 나를 천사 같은 아이라 생각지는 않았겠지만, 그래도 야위고 창백한, 공부를 좋아하는 소년 정도로는 생각하고 있었을 것이다. 그들은 기만당하고 있었던 것일까? 아니다. 그렇지 않다. 그 이본느와 개의 모습이 내 안에서 불타오르게 한 정욕은 그 후 한동안은 잿더미 속에 묻혀 있었다. 주위 사람들이 내게 갖고 있는 이미지에 자신을 맞춰가는 동안은, 나 자신도 그 일을 잊어버리고 있었다…….

나는 다른 소년들보다 신체적 발육이 늦었다. 리옹 오페라 극장 뒤에 있는 앙리 4세 중학교에 들어가서도 다른 친구들이 즐기는 여학생 이야기나 가리에느 거리의 매춘 이야기에는 거의 흥미를 느끼지 못했다. 어차피 자신이 인기가 없다는 정도는 알고 있었던 것이다. 같은 또래의 소년들이 반드시 한 번은 열병처럼 경험하는 '꼬마 어른놀이'에도 전혀 무관심했다고 해도 좋다. 하지만 때때로 봄철의 황혼녘, 그 열두 살 때, 아팠던 그날 그랬던 것처럼 창에 기대어 등나무 꽃이 지는, 인기척 없는 골목길을 내다보면서 몸이 떨리는 것을 느꼈다. 가슴속에서 나의 손은 정체를 알 수 없는 그 무언가를 괴롭히기 위해 경련하고 있었다. 잠옷과 시트가 땀투성이가 될 때까지 그 망상을 떨쳐 버리지 않으면 안 되었다……

앙리 4세 중학교를 졸업하기 전, 그해 여름방학 때, 아버지는 이례적으로 나를 데리고 아라비아의 아덴으로 여행했다. 아버지가 경영하는 공장에서 필요한 아마를 매입하기 위한 일을 겸한 여행이었다. 그러나 내게 있어 그 여행의 그날은……

그날, 그 일을 할 수 있었던 것은 도덕, 종교, 가정, 학교 등 그 모든 인간의 본능이나 욕망을 속박하고 있는 보수적이고 답답한 리옹을 벗어나, 돌연 남동 아라비아 사막 가운데서 자신을 발견했기 때문일까? 아니면, 홍해로부터 불어대는 8월의 미칠 듯한 무더위 때문이었을까?

배는 8월 중순에 아덴에 도착했다. 그리고 우리는 이 도시에서 유일하게 서구풍의 숙소인 잉글랜드 호텔에 묵었다. 아버지는 하루 종일 거래처 사람들과 여기저기 바쁘게 다니고 있었고, 나는 홀로 방치되었다. 더이상 어머니의 감독도, 목사의 속박도 없었다. 나는 자유로웠고, 어떤 행동도 할 수 있는 상태에 놓여 있었다.

눈이 핑핑 돌 것 같은 더위 속에서 나는 태어나 처음으로 주어진 이 해방감을 천천히 즐겼다. 아프리카 흑인, 갈색의 아랍인, 검은 천을 얼굴에 두른 여자들만이 꿈틀거리는 하얀 미로도 혼자서 몰래 걸었다. 이 도시 어디서나 반짝반짝 빛나는 푸른 바다와, 해변에 성처럼 사방이 둘러싸인 염전 등이 보인다. 태양은 빛을 내는 백열등처럼 등 뒤민둥산 위에 정지해 있다. 그리고 하늘 빛깔은 무겁고, 납빛이었다.

나는 그날 그곳 사람들이 오가는 미로에서 곡예를 보았다. 곡예사는 젊고 알몸에 가까운 아랍 처녀와 소년이다. 처녀의 알몸은 땀과 기름으로 번들번들 빛나고 있었다. 그녀는 은빛의 뱀을 닮은 손발을 꼬아가며 춤을 추었다. 구경꾼들은 원주민 5, 6명뿐이다. 그들은 해골처럼 야윈 다리를 꼬고 앉아, 미노라고 불리는 구운 과자를 깨물어 먹으며 구경하고 있었다.

갑자기 처녀는 동료 소년을 지면에 눕혔다. 그의 다리는 서서히 완만한 곡선을 그리며 뒤로 젖혀진 채, 머리 위까지 이르렀다. 그 자세는 교미하는 순간의 전갈과 같았다. 알몸의 처녀는 소년의 다리와 머리 위로 뛰어올랐다. 소년의 몸은 거의 견딜 수 없을 만큼 활처럼 휘어졌다.

"끼익!"

소년의 꽉 다문 입에서 고통스런 신음소리가 새어 나왔다. 그러나 처녀는 무자비하게 소년의 머리 위에서 제자리걸음을 하기 시작했다. 그녀의 길고 가늘게 뜬 검은 눈은 잔인한 빛으로 불탔다.

나는 쓰러질 듯했다. 태양은 조금 전과 마찬가지로 강렬하게 빛나며, 아덴 뒤쪽의 민둥산 위에서 움직이지 않는다. 납빛의 무거운 하늘 아래에서 공기는 팽창하고 팽창하여 나의 몸을 마비시키고 있었다. 나는 정신없이 호텔로 뛰어 돌아왔다…….

그 다음날, 아버지는 포트 사이드로 갈 예정이었다. 물론 그는 내게 이 이집트 제일의 항구를 산책해보라고 권했다. 그러나 나는 거절했다. 나는 아버지의 부재를 이용하여 다시 한 번 그 미로까지 가지 않으면 안 되었다.

이미 한낮이다. 나는 셔츠를 벗고 색깔 있는 와이셔츠로 갈아입었다. 아버지가 식사하라고 준 지폐를 주머니에 넣고, 나는 그 곡에 장소로 갔다.

소년은 어제 그 장소에 있었다. 그러나 오늘 그는 지나다니는 통행인에게 구걸하는 거지가 되어 있었다. 서투른 영어로 그는 내게 아덴을 안내하겠다고 말했다.

두 사람은 걷기 시작했다. 그는 앞서거니 뒤서거니 하면서 때때로 의미를 알 수 없는 영어로 말을 걸었다. 태양은 오늘도 백열전구처럼 답답하게 정지해 있다. 돌연 소년은

"나이스 걸!"

하고 소리치기 시작했다. 그는 나를 어제의 아랍 처녀가 있는 곳으로 안내할 생각이었던 듯했다. 나는 불쾌하게 고개를 저었다. 염전 가까이 왔을 때 우리는 멈춰 섰다. 두 사람은 땀투성이가 되어 있었다. 나는 와이셔츠를 벗었다. 그리고 우리 앞에 소금기를 내뱉고 있는 갈색의 암벽이 기분 나쁘게 우뚝 서 있는 것을 보고 나서, 비로소 호주머니의 지폐를 꺼냈다.

앞에 있는 암석은 뜨거운 바람에 타들어가, 마른 수풀 속에서 칙칙한 원색을 띠며 나뒹굴고 있다. 나는 젖은 와이셔츠를 오른손에 든 채 앞으로 나아갔다. 소년도 묵묵히 따라왔다. 바위 뒤쪽에는 짙은 그림자가 드리워져 있다. 우리는 멈춰 섰다. 목도, 벗은 가슴도 흠뻑 땀에 젖어 있었다.

나는 그에게 속삭였다. 무슨 말을 했는지 기억이 나지 않는다. 입은 바싹바싹 말라 있었다. 소년은 나의 팔에 떠밀려 바위 뒤쪽 은밀한 그림자 속으로 쓰러졌다.

……바다는 새파랬다. 바다에서 불어대는 열풍을 나는 거칠게 들이마셨다. 나는 태양을 쳐다보았다. 태양은 역시 둔감한 하얀 원반처럼 정지해 있었다. 소년이 바위 그림자 속에서 정신을 잃고 잿빛 숲 속에 엎드려 있는 것을 뒤돌아보며 하얀 길을 걸어 호텔로 돌아왔다. 그러나 나는 가

물거리는 기억 속에서, 나에게 휘감기면서도 소년의 눈이 피학被虐의 희열로 빛나며 떨고 있던 것을 분명히 기억할 수 있었다…….

아덴을 다녀온 후, 거의 백치와 같은 상태가 되었다. 무엇을 하든 귀찮다. 아무것도에도 관심이 없고, 기력도 없다. 하루 종일 침대 위에 엎드려 담배를 몇 대나 계속 피웠고, 초점 잃은 눈으로 허공을 응시하며 움직이지 않았다. 때때로 그 원색 바위의 생생한 광택과 그 바위 뒤쪽의 꽤나 짙은 그림자 속에 엎드린 자세로 쓰러져 있는 아랍 소년의 알몸이 되살아났다. 나의 입술은 떨면서 "넌, 그런 일을 당해도 싸"라고 중얼거렸다. 그러나 그 이유에 대해서는 이야기할 수 없었다.

신학기가 시작되었다. 신학기는 우리 앙리 4세 중학교의 최고 학년에게는 대학 입학 자격시험을 준비해야 하는 해이기도 하다. 철학과를 지원하는 우리를 위해서 특별히 리옹 대학 철학과의 마드니에 선생의 강의가 마련되었다. 강단에 선 이 노인은 포도주와 육식으로 인해 장밋빛으로 물든 동그란 얼굴을 교탁 위에 올려놓고는, 감미로운 미소를 띠며, "청소년 여러분!" 하고 이야기를 시작했다. 나는 그 자신만만한 표정이 매우 싫었다. 이 가톨릭 철학자가 이야기하는 인간의 선과 덕, 인간의 정신적인 진보, 인간의 역사적 성숙이라는 말을 나는 귓가에 들리는 환청처럼 우스꽝스럽게 여기면서 듣고 있었다. 17, 18세인 순진한 학우들은 적어도 이 말들의 진실성과 가치에 대해 의구심을 품지 않았음에도 불구하고, 왜 내게는 그것이 우스꽝스럽게 여겨졌을까? 물론 나에게는 이러한 도덕주의자의 신념을 뒤엎을 만한 이론도 사색도 있을 리 없다. 나는 단지 자신이 사팔뜨기 청년이라는 점, 12세의 어느 날, 등나무 꽃이 떨어지는 창에서 본 이본느와 늙은 개의 광경을 알고 있다. 아덴의 미로에서 소년의 머리 위에서 광란의 춤을 추던, 갈색 피부를 지닌 처녀의 알몸에 대한 기억을 지니고 있다. 그리고 하얗게 불타는 원반의 태양 아래에서 열풍에 타들어간 마른 풀 그리고 바위 밑에서의 일……, 그것을 떠올리는 것만으로 충분했다.

다음해, 아버지는 죽었다. 정부와 드라이브하던 중 자동차가 나무에 부딪쳤던 것이다. 1938년 여름이다. 아버지의 상을 당하고도 나는 통곡하지 않았고 비애도 느끼지 않았다. 물론 이제 신神과 영원한 생명을 믿지는 않는다. 나는 베르나르 거리에 있는 리옹 법과대학의 대학 입학 자격시험에서 마드니에 선생이 우리에게 가르쳐준, '선', '덕', '이성의 우위', '역사적 전개'라는 단어를 그 노인의 감미로운 미소를 떠올리면서 답안지에 썼다. 시험에 합격했을 때, 내가 변호사가 되기를 꿈꾸던 불쌍한 어머니는 울며 기뻐했지만 나는 음침하고 야릇한 미소를 지었다……

뭐가 어찌 되든 상관없었다. 그 이본느와 늙은 개에 대한 추억 이후로 어쨌든 나는 주위의 인간을 계속 기만해온 것은 아닐까. 나의 아덴에서의 비밀을 모른 채 아버지는 죽었다. 어머니는 내가 언젠가 레퓨브릭 거리에서 개업하는 것을 꿈꾸고 있다.

만일 모든 것이 바뀌지 않았다면, 나는 주위 사람들이 내게 품고 있는 이미지에 맞춰 살았을지도 모른다.

그런데 전쟁이 일어났다. 그 다음해, 히틀러는 휘하의 나치군에게 폴란드 진격을 명했던 것이다.

3

그 전쟁이 시작되기 1년 전, 숨이 막힐 정도로 무더운 8월 하순의 오후, 나는 어슬렁거리며 크로드 베르나르 거리의 법과대학에 가보았다. 대학 입학 자격시험에 합격한 나는 10월부터 입학하기로 되어 있었다.

대학에는 쨍쨍한 늦더위 햇살이 쏟아지고 있었고, 요양소의 휴식 시간처럼 인기척이 없었다. 다만 어딘가 멀리서

(필시 학생 홀일 것이다) 누군가가 서투르게 피아노를 치는 소리가 들려왔다.

복도 게시판에 신학기의 강의시간표가 붙어 있다. 마드니에 선생이 칸트의 '실천이성 비판'을 가르치는 것이었다. 나는 사람 좋은 그 노인의 동그란 장밋빛 얼굴을 떠올렸다. 그 의미 없는 부은 얼굴이 나의 앙리 4세 중학 시절을 지배했다. 졸음이 오는 오후, 교실에는 점심식사 때의 쨈 냄새가 남아 있다. 모두가 묵묵히 펜을 움직이고 있다. 인간의 양심, 윤리적 결단……. 잿빛의 먼지가 책상 위를 덮는다.

피아노 소리는 아직 들려오고 있다. 몇 번이나 들었던 기억이 있음에도 불구하고 무슨 곡인지 생각해낼 수 없었다. 그 소리를 쫓아 복도 여기저기를 헤매면 헤맬수록, 마치 꿈속의 소리인 듯이 멀리서, 더욱 다른 방향에서 들려왔다.

갑자기 교실 안쪽에서 젊은 여자의 목소리가 들려왔다. 나는 살짝 까치발을 해 유리 너머 안쪽을 들여다보았다.

"안 돼, 마리 테레즈. 확실히 정해. 무도회에 갈거니? 안 갈거니?"

교실 책상 위에 앉아 다리를 흔들면서 그렇게 묻고 있는 여자는 수영복 위에 하얀 타월을 걸치고 있다. 교내의 수

영장에서 수영하기 위해 이 교실에서 옷을 갈아입고 있는 듯했다.

"물론, 가고 싶어, 모니크. 하지만 쟈크가……"

마리 테레즈라고 불린 여자는 하녀처럼 상대방에게 크림이 담긴 병을 건네면서 답했다.

"쟈크가 허락하지 않아. 그가 말했어. 유태인들이 독일에서 피를 흘리고 있는 이런 상황에 학생들이 무도회를 여는 것은 좋지 않다고 말이야."

"쟈크? 쟈크가 뭔데? 연인이나 약혼자라면 모르지만, 기껏해야 신학생이잖니? 머릿속에는 신학과 선교밖에 없는 남자잖아? 네 인생과 무슨 관계가 있니? 그 사람, 전부터 무서웠어. 얼굴에 음침하고 광신적인 그늘이 있기 때문일까?"

어깨까지 금발을 늘어뜨린 모니크의 수영복 사이로 풍만하고 새하얀 가슴과 팔이 엿보였다.

"어때? 그렇게 해. 응?"

라며 그녀는 고개를 떨구고 있는 마리 테레즈의 어깨를 흔들었다.

"안 돼."

걱정은 고맙지만 그렇게 할 수 없다고 마리 테레즈는 힘없는 목소리로 답했다.

"나, 쟈크하고 사촌이기도 하지만, 어릴 때 부모님을 잃은 후 지금까지 그의 집에서 신세졌잖니? 지금 대학에 다닐 수 있는 것도 모두 그의 덕인걸."

"그 사람 덕이라고?"

라며 모니크는 담배를 입에 물면서 조소하듯 웃었다.

"그 신학생, 널 사랑하는 거 아냐?"

"설마, 나 같은 애를. ……그렇다면 왜 신학생이 됐겠니?"

"못생겼기 때문이야!"

라며 모니크는 격앙된 소리로 웃었다.

"얼굴이 못생겼기 때문에, 구애할 용기도 없기 때문에, 신학교에 들어갔을 뿐이야."

(못생겼기 때문이야!) 그 말은 돌연 나의 사팔뜨기 눈을, 그 유년 시절의 아버지의 말을 떠올리게 했다.

"오른쪽을 보란 말이야. ……넌, 평생 여자들에게 인기가 없을 거야. 전혀."

그녀들은 교실을 나갔다. 나는 살그머니 웅크리고 앉아 있었다. 오래 전에 본 영화가 의미도 없이 떠오른다. 그 영화는 언청이 남자에 대한 것이었다. 언청이이기 때문에 그는 여자에게 사랑 받은 적이 없었다. 언청이이기 때문에 그는 자신을 모욕한 창녀를 살해했던 것이다.

(그 녀석은 언청이였어. 그 녀석은 언청이였어)

손으로 뭔가를 더듬듯이 나는 머릿속에서 뒤엉킨 기묘한 목소리를 붙잡으려 했다.

(그 녀석은 언청이였어)

칸막이 뒤에서 그녀들은 속옷을 거품처럼 벗어던지고 있었다. 달콤한 냄새가 복숭아 빛깔의 엷은 베일로부터 떠돌고 있었다. 그것을 잡으면, 어설픈 감촉이 손가락에 전해져, 내 손바닥 속에 그대로 파고 들어올 듯하다. 테두리에 가는 레이스가 붙어 있는 팬티, 밀랍을 바른 듯이 불투명한 속치마는 매끄럽고 부드러웠다.

(못생겼기 때문이야…… 얼굴이 못생겼기 때문에…… 구애할 용기도 없기 때문에……)

돌연, 나는 손에 힘을 주어 그 속옷을 찢었다. 비웃는 듯한 소리가 손가락 아래서 전해졌다. 그것은

"찌이익!"

하고 소리를 내었다.

"찌이익!"

그 소리는 나를 다시 그 아덴의 미로, 작열하는 태양 아래서 연상의 여자에게 짓밟히면서 고통스럽게 신음하던 아랍 소년의 세계로 되돌아가게 했다…….

누군가가 침을 삼키는 소리가 났다. 그 남자는 출입구 벽에 기대어 나의 일거일동을 응시하고 있었다. 뒤쪽의 창에서 쏟아지는 석양을 정면으로 얼굴에 받아 안경이 번쩍번쩍 빛나고 있다. 이마가 땀으로 젖어 있다는 것을 알 수 있었다.

그는 상당히 야위었고, 움직일 때마다 수도복 자락이 건조하고 묘한 소리를 냈다.

(이 친구로군. 아까 여학생들이 얘기했던 게)

학생 홀에서 다시 피아노를 치기 시작했다. 이번의 곡은 뭘까? 이것도 어딘가에서 들은 기억이 있다. 이상하게도 나는 내 눈앞에 있는 신학생보다 그 곡명을 떠올리는 데 정신이 팔려 있다.

"나쁜 자식!"

이라고 그는 중얼거렸다.

"짐승 같은 놈! 그거 내려놔."

나는 무심코 내 양손을 보았다. 비로소 수치심으로 얼굴이 달아오르고 머리까지 화끈거렸다.

"어째서? 응? 왜 내려놓아야 하지?"

"다 봤어."

신학생은 꽁무니를 빼려는 듯 책상과 책상 사이로 뒷걸음질쳤다.

"다 봤단 말이야."

"봤으니까 어쨌다는 거야?"

"알고 있어. 육욕의 죄 가운데서도 가장 추한…… 자네가 왜 그런 짓을 했는지 알고 있다고."

나는 멍하니 상대의 얼굴을 보았다. 그의 땀이 밴 이마는 벗겨져 있었고, 머리 위에는 불그스레한 머리카락이 초라하게 남아 있었다. 이 남자는 사팔뜨기인 나나 언청이 남자보다도 더 못생겼다.

(구애할 용기도 없기 때문에 신학교에 들어갔을 뿐이야)

나는 비웃고 싶었다. 왠지 알 수 없지만, 큰소리를 내어 비웃고 싶었다.

"육욕의 죄 가운데서도 제일 추하다……?"

나는 속옷을 바닥에 내팽개치고 아무도 없는 복도로 나갔다.

4

10월 2일, 대학 입학식이 있었다. 법과 학생들은 관례에 따라 붉은 리본이 달린 베레모를 쓰고 강당에 모였다. 마드니에 노인이 강사 가운 위에 불란서 최고 훈장인 레지옹 도뇌르를 장식하고 자랑스러운 듯이 앉아 있었다. 교수석에는 엄숙한 표정, 심각한 표정, 영양부족으로 야위고 음침한 표정들이 나란히 자리하고 있었다. 그리고 학생들은 객원으로 초대된 작가 쥬르 로망의 이야기를 들었다.

"전쟁이 일어날지도 모르겠습니다."

라고 로망은 익살스러운 목소리로 말했다. 그리고는 비극적인 표정으로 이마에 손가락을 대고 생각에 잠긴다.

"발레리*와 우리는 이미 전쟁 반대 결의문을 독일에 보냈습니다. 하지만 이 결의문은, 우리들의 뜻은, 그들에게 묵살될지도 모릅니다. 거절당할 것임에 틀림없습니다. 그러나 묵살 당한다 할지라도 우리의 의지는 변함이 없을 것입니다. 우리의 소신을 당당하게 밝혀야 합니다."

우뢰 같은 박수.

"옳소!!!"

* 역주－Paul Valéry : 프랑스의 시인·평론가

"프랑스 만세!!!"

라고 외치는 감동에 찬 목소리. 1930년대의 프랑스는 정말 한가로웠다. 바보 같았다.

입학식이 끝난 후에 뷔즈우가 있었다. 뷔즈우란 상급생과 신입생 간의 친목 파티이다.

학생들은 학부형으로부터 기부 받은 백포도주를 마셨다. 음악이 울려 퍼지고, 관례대로 '왕 뽑기'놀이를 했다.

붉은 리본을 단 법과생, 노란 리본을 단 문과생, 술에 취해 얼굴이 장밋빛이 된 여학생마저 뛰어다니거나 웃음을 터뜨리거나 하는 그 무리들 속에 붉은 머플러를 한 모니크가 누비고 다녔다.

"아르베르가 나갔어."

"그래, 그쪽 차례야."

어느 여자도 사팔뜨기인 나를 유혹하지 않았다. 그렇다면 이 소란 속에서 빨리 사라졌으면 좋았으련만, 나는 자신의 초라함과 어둠을 맛보며 즐기고 있었다. 나는 그것에 익숙해져 있다. 가을 햇살이 정원의 아우구스트 쿤트상像을 금빛으로 비추고 있는 것이 학생 홀의 창으로 보였다. 비둘기가 철학 교실의 돔에서 곡선을 그리며 날아올랐다.

누군가가 내 어깨에 손을 얹었다. 나는 돌아보았다. 번쩍번쩍 빛나는 안경 안쪽에서 눈을 깜박거리며 신학생이

서 있었다.

"자네."

라고 그는 쉰 듯한, 괴로운 듯한 목소리로 속삭였다.

"자네, 나가지 않을래?"

"뭣 때문에?"

라고 나는 답했다.

"저쪽에 조용한 곳이 있는데, 안 갈래?"

"무슨 일인데?"

라고 나는 다시 말했다.

"자네와 이야기하고 싶어서."

그는 앞장서 걷기 시작했다. 홀을 지나 이미 약해진 가을 해가 애써 빛을 쏟아 붓고 있는 정원을 지나쳤다. 나는 불그스름하게 빛이 바랜 그의 수도복 뒤를 묵묵히 따라갔다.

창으로 흘러든 햇살이 지리학 교실의 검은 원형 기둥과 기둥 사이에 꽃처럼 보이는 무늬를 만들고 있었다. 정말 이상할 정도로 조용한 곳이다.

"내 이름은 쟈크야."

라며 그는 부끄러운 듯이 고개를 숙였다. 처음 만났던 그 날처럼 이 남자의 벗어진 이마에는 땀이 배이고, 고추처럼 붉은 머리카락이 고불고불 남아 있었다.

"이야기라니, 뭔데?"

나는 내 이름을 말해야 하나 망설이다가 내 이름을 댔다.

쟈크는 양손을 수도복 주머니에 넣고는 사과를 꺼냈다.

"자네, 안 먹을래?"

"금단의 열매인가?"

나는 웃었다. 가라앉은 목소리로 그는 분위기를 바꿨다.

"나는 푸르비에르의 신학생인데, 이곳에 청강하러 와. 교회법 논문을 쓰기 위해서야."

원형 기둥 아래에 앉아 그는 사과를 깨물어 먹었다.

"그날 자네와 좀 더 이야기했어야 했어. 자네를 비난할 자격은 없었어."

나는 그때 신학생이 자신을 '나'라고 하고, 내게는 '자네'라고 부르고 있는 것을 처음으로 알아챘다.

"그럴 테지."

라고 나는 답했다.

"너도 나와 마찬가지로 여학생이 하는 얘기를 엿들었으니까."

"엿들을 생각은 없었어. 단지 그 앞을 지나칠 때……"

"됐어. 그만해."

나는 그의 옆에 앉았다.

"나는 신학생을 믿지 않아. 가톨릭을 믿는 녀석은 자신에게조차 태연히 거짓말하기 때문이지."

"자신에게?"

사과를 깨물다 말고 그는 정색하며 나섰다.

"무엇을?"

"뭐든지. 너도 들었겠지? 여학생이 그랬잖아? 네가 신학교에 들이간 동기 말이야."

나는 사과를 들고 있는 그의 양손이 떨리고 있다는 것을 알아챘다.

(언청이 남자는 자신의 얼굴을 속이기 위해 정부情婦를 살해했다. 마드니에 선생은 인간의 모습을 속이기 위해 '진보'라든가 '향상'이라는 관념을 만들었다. 그리고 쟈크는……)

"거짓말을 한 게 아냐."

갑자기 그는 사과를 바닥에 떨어뜨리더니 벌떡 일어섰다.

"나는 못생겼어. 어릴 때부터 그랬어. 때문에 알았지. 사팔뜨기인 자네가 왜 그랬는지, 나는 내 안에도 그것과 같은 질투심이 있다는 걸 알고 있었어."

(질투심 때문에 여자의 속옷을 찢었던 걸까?)

나는 생각했다.

(아니다. 질투만은 아니다. 분명히 질투심만은 아니다)

"못생긴 것은 고통이야."

쟈크는 신음했다.

"괴로워. 어릴 때 나는 어머니와 누이마저 내 얼굴에서 눈길을 돌리는 것을 느꼈어. 하지만 열네 살 때 나는 내 얼굴이 나의 십자가라는 것을 알았지. 그리스도가 십자가를 짊어졌듯이, 어린 나도 그것을 짊어지지 않으면 안 된다는 것을 알았던 거야."

그의 이마에는 다시 땀이 배었다. 홀떡 벗어진 두개골 위로 굵고 파란 혈관이 튀어나와 있었다. 그뿐만 아니라 안경 안쪽의 눈동자는 썩은 생선 눈알처럼 촉촉하게 젖기 시작했다.

혐오감을 느낀 나는 그의 우는 얼굴을 보지 않으려 했다. 그런데 그때 지리학 교실의 원형 기둥 사이로 흔들리는 약한 가을 햇살 속에서 하얗고 퉁퉁한 아버지의 손이 떠올랐다…….

(오른쪽을 보란 말이야. 오른쪽을! 넌, 평생 여자들에게 인기가 없을 거야)

홀 입구에서 3, 4명의 남녀 학생이 큰소리로 웃으며 정원으로 달려 나갔다. 무언가를 서로 빼앗고 있는 듯했다. 열린 출입구에서 감미로운 롯시의 레코드 소리가 들려왔다.

　장미꽃은, 피었을 때
　따지 않으면
　시들고, 색이 바랜다……

　"신학교에 들어갔어. 십자가를 짊어지려고 했지."
　쟈크는 나를 위해서가 아니라 자신을 억제하려는 듯 한
마디 한 마디 중얼거렸다.
　"열네 살 때의 십자가는 달라졌어. 나는 그리스도처럼,
내 얼굴만이 아니라 이 세상의 얼굴을, 보기 흉한 얼굴을
짊어질 생각이야."

　창공은, 한낮에
　가지 않으면
　해가 지고, 밤이 온다……

　"신문에 의하면 오늘도 유태인들이 나치에 의해 살해되
었어. 유럽 전체에 악이 가득해. 전쟁은 언제 일어날지 알
수 없지. 그런데도 불구하고 저렇게 학생들은 노래하고 있
어."

나는 순순히 그의 손에 든 사과를 집어 깨물었다. 풋내가 났고 시었다.

　"네가"

라고 나는 말했다.

　"아무리 십자가를 짊어진다 하더라도 인간은 바뀌지 않아. 악은 바뀌지 않아."

　"그러나 나뿐만 아니라 자네도 십자가를 짊어진다면, 적어도 자네가 사팔뜨기이기 때문에 겪는 슬픔만이라도 짊어져 준다면, 그런 사람이 많아진다면……"

라며 그는 양손으로 얼굴을 가렸다.

　"내가?"

　양지 쪽으로 맛없는 사과를 던져버리자 사과는 떼굴떼굴 굴러 정원으로 떨어졌다.

　"나는 너처럼 얼굴이 못생겼다는 것에 도취되거나 하지 않아. 십자가니 뭐니 하며 들먹이지도 않아. 하긴, 나도 여학생의 속옷을 찢거나 하는 모자란 데가 있겠지. 그러나 십자가의 효용을 나는 믿지 않으니까."

　나는 정원으로 내려가, 사과를 발로 짓밟았다.

　"할 말은 그것뿐이야?"

　그때, 등 뒤에서 쟈크는 손으로 얼굴을 가린 채 내뱉듯이 다음과 같은 말을 중얼거렸다.

"기도하고 있어. 자네. 가령 자네가 하느님에 대해 관심이 없다 하더라도 하느님은 언제나 자네에 대해 관심을 지니고 계시기 때문에……"

학생들은 어딘가로 사라진 듯하다. 조용했다. 뒤를 돌아보니 쟈크는 쓰러질 듯 기둥에 기댄 채 거기에 얼굴을 대고 움직이지 않는다. 그 자세, 그 모습은 내게 갑자기 그리스도를 떠올리게 했다. 그리스도처럼 그 또한 사팔뜨기로 인한 나의 상처를 짊어지고, 그 상처가 자신의 것인 양 도취되어 있었다…….

5

그가 나를 공격해 왔다. 10월 5일 개강일, 내 책상 위에 한 권의 브르우 크로아판版 『그리스도를 닮음』이란 책이 놓여 있었다. 그뿐만 아니라 그 표지 안쪽에는 별로 좋지 않은 필체로 나의 이름과 성 요한 복음서에서 인용한 구절이 쓰여 있었다.

다음날 아침, 일찍 학교에 가서 그 책을 그에게 돌려줄까 하고 생각했다. 하지만 나는 그러지 않았다. 돌려줄 이유가 별로 없었기 때문이었다.

이 아이 같은 장난은 끈질기게 반복되었다. 일주일마다,

정확한 시계처럼, 나의 책상에는 도냑의 『성 테레지아전傳』과 성 로욜라의 『영상靈想』 따위의 책이 놓였다.

물론 나는 그 책을 펼쳐보지 않았고, 이 어처구니없는 장난에 휘말리지 않았다. 하지만 그의 존재는 역시 신경에 거슬린다. 신학생의 달콤한 유혹 같은 것은 별거 아니지만, 어쨌든 그 남자는 2개월 전에 인기척 없는 교실에서 나의 비밀을 보았던 것이다.

"육욕 가운데서도 가장 추하다."

라고 소리친 녀석의 목소리는 송곳처럼 내 마음을 찌르고 있었다.

"자네는 사팔뜨기야. 사팔뜨기의 고통을 나는 알고 있어."

이 예수쟁이들의 연민만큼 나를 상처 입히는 것은 없었다.

나는 묵묵히 기회를 기다리기로 했다.

이듬해 6월 말의 일이다. 우연히 복수의 기회가 찾아왔다. 방과 후에 나는 법과 도서실에 틀어박혀, 검고 작은 활자가 즐비한 법률서를 앞에 놓고 2시간 정도 앉아 있었다. 날이 어두워졌다. 창은 이미 잿빛으로 희미해지기 시작했다. 리옹 특유의 누런 빛깔의 안개가 손 강과 론 강에서 피어오르는 계절이 찾아왔던 것이다. 나는 이런저런 생각을 해보았다. 법률 책을 덮고, 그날 쟈크라는 녀석이 들고 온 『신앙의 환희』라는 책을 가방에서 꺼내 넘겨보았다.

군데군데 그가 빨간 연필로 선을 긋거나 동그라미를 쳐 놓았다. 나는 호기심을 품고 그것을 읽어 보았지만, 좋은 생각은 떠오르지 않았다. 지루해서 책을 덮으려고 할 때, 문득 어떤 중요한 것을 간과했다는 것을 알아차렸다.

그것은 마지막 페이지 여백에 녀석이 독후감으로 쓴 것으로 보이는 내용이다.

'누가 그리스도가 고통스러워하지 않았다고 하는가? 그리스도는 생애에 두 차례 심리적인 고통을 맛보게 되셨다.'

녀석은 '맛보게 되셨다'고 수동형으로 표현했다.

'한 번은 이튿날의 박해, 고문을 예감하고 게쎄마니 동산에서 피와 같은 땀을 흘리셨던 순간이다. 또 한 번은 그가 유다에게 배신당했을 때이다. 그리스도가 유다를 사랑하지 않으셨다고 누가 말할 수 있을까?'

'유다?' 나는 고개를 갸우뚱했다. 창 저쪽 드루느 거리에 위치한 성당의 종탑이 검푸른 빛을 띤 채 우뚝 서 있다. 남빛이 된 저녁 하늘을 비둘기 떼가 비스듬히 가로질러 되돌아가는 것이 보였다. 왜 지금까지 이것을 알아채지 못했을까? 그리스도교 신자를 괴롭히기 위해서는 성서를 전통

교리에 어긋나는 방식으로 읽는 것이 가장 좋다는 것을 왜 생각하지 못했을까? 그런데 쟈크에게 있어 유다란 누구일까?

도서관을 나오려다 우산을 교실에 놓고 왔다는 것을 알아차렸다. 나는 그 8월 오후처럼 혼자서 아무도 없는 복도를 거쳐 교실로 향했다.

이상하게도 또 다시 사람의 목소리가 교실에서 새어 나오고 있다. 모든 무대장치가 그날과 똑같다. 나는, '뭔가 있구나, 쟈크가 있구나' 하고 예감했다. 복도와 교실 사이의 유리를 통해서 살그머니 안을 살폈다. 그는 등을 이쪽으로 돌린 채였고, 모니크가 그를 마주 보고 있었다.

처음에는 그들이 무엇 때문에 언쟁을 하고 있는지 알 수 없었다.

마리 테레즈는 울고 있었다. 밤색 머리카락을 땋아 14, 15세의 소녀처럼 어깨에 늘어뜨리고, 야윈 몸을 잿빛의 스커트와 하얀 블라우스로 감싸고 있었다. 풍만한 하얀 가슴과 허리를 지닌 모니크와 비교할 때 그녀의 몸은 굳어 있었고 풋내가 났고 빈약했다.

"마리 테레즈!"

하고 쟈크가 소리쳤다. 마리 테레즈는 매를 맞은 것처럼 흠칫 몸을 떨었다.

"지난주 성당에서 사제의 말씀을 들었잖아? 지금 그리스도교 신자는 평소보다 더 많은 희생을 바쳐야 해. 독일에서 고통당하고 있는 사람들을 위해서, 그리고 전쟁이 일어나지 않도록 신자로서 행동을 삼가라는 말을 들었잖아."

"무도회가 왜 나빠요. 어째서?"

라고 모니크는 눈썹을 치켜 올리며 샤크의 말을 되받았다.

"마리 테레즈, 너 어째서 이 신학생 앞에서 쩔쩔매니? 그렇게 무서워할 필요 있니?"

모니크의 말대로 샤크가 소리칠 때마다 마리 테레즈는 강아지처럼 얼굴을 돌리며 친구의 등 뒤로 숨었다.

"너한테 이야기하는 게 아냐."

신학생은 흥분한 나머지 거친 소리로 말했다.

"난, 너를 책임질 필요가 없어. 그러나 마리 테레즈는 달라. 마리 테레즈가 대학에 들어온 건 무도회에 나가기 위해서가 아니기 때문이지."

"그럼, 뭣 때문에 그러는지 들어 봅시다."

그는 잠시 침묵을 지켰다. 벗어진 그의 이마가 그때처럼 땀으로 빛나기 시작한다는 것을 알 수 있었다.

"무슨 이유 때문이죠?"

모니크는 따지며 대들었다.

"말하지 않겠어."

쟈크는 대답했다.

"그건, 마리 테레즈가 답할 테니까."

테레즈는 양손으로 얼굴을 가리고 무너지듯 의자에 앉았다. 세 사람은 잠시 아무 말 없이 가만히 있었다.

"나, 안 갈래. 안 가겠어. 모니크, 걱정하지 마."

테레즈는 흐느껴 울었다.

"그래, 그러니?"

맥 빠진 듯이 모니크는 중얼거렸다. 그리고 그녀는 경멸에 찬 눈으로 마리 테레즈를 바라보더니

"잘 있어……."

라고 말했다.

나는 재빨리 옆의 교실 입구로 몸을 숨겼다. '우당탕' 큰 소리를 내며 복도를 달려가는 모니크의 발소리가 났다.

황혼녘의 교실은 이미 잿빛이 되었고, 그 속에서 쟈크와 테레즈는 석상처럼 보였다. 매우 조용했다.

"마리 테레즈."

신학생은 그녀의 어깨에 손을 얹으며 속삭였다.

"가고 싶으면 가도 돼."

그 목소리는 이상할 정도로 부드러웠다.

"내가 만류했다고 생각하지 말아줘. 나는 단지 네

가……"

"내 영혼을 위해서라고 말하려는 거겠지?"

돌연, 마리 테레즈는 일어서더니 증오에 찬 눈으로 신학생을 쳐다보았다.

"내 영혼을 위해서, 나의 신앙을 위해서, 나의 의무를 위해서……"

"마리 테레즈, 너는……"

나의 입가에는 엷은 웃음이 떠올랐다. 쟈크에게 있어서 유다가 누구인지, 나는 그때 알았던 것이다.

다음날, 나는 대학 앞 론 강변의 플라타너스 뒤에 몸을 숨기고, 교문에서 쏟아져 나오는 학생들 속에서 마리 테레즈를 기다리고 있었다. 더운 날이었다. 하루 종일 수업으로 지친 학생들이 나른하고 힘 빠진 표정으로 교문을 빠져나온다. 이윽고 검은 수도복 차림의 녀석도 팔짱을 끼고, 벗어진 이마와 안경을 번쩍거리면서 마리 테레즈와 함께 나타났다.

두 사람은 기로네 다리 쪽으로 걸어갔다. 나는 때때로 플라타너스 뒤에 몸을 숨기면서 뒤를 따라갔다.

두 사람은 다리 옆 성 베르나르 성당에 들어갔다. 10분 정도, 나는 비둘기 똥이 묻어 있는 성당 벽에 기대어 있었다.

여자 혼자 빨간 가방을 껴안고 성당 출입구에서 나왔다. 그리고 레퓨브릭 거리의 버스 정류장으로 향했다.

버스가 왔다. 발차하려는 순간 나는 뛰어올랐다.

"마리 테레즈."

나는 말을 걸었다. 그녀는 돌아보았다. 그녀는 주근깨투성이의 얼굴을 붉혔다.

"집이 이쪽 방향입니까?"

"네."

손잡이에 매달려 창 쪽만을 향한 채 그녀는 알아듣지 못할 정도로 작은 소리로 답했다. 이제껏 남자가 말을 걸어 준 경험 따위가 없는 것이다.

"모레, 무도회에 갈 건가요?"

당혹스러움과 불안으로 그녀는 고개를 숙였다.

"저……"

"왜요?"

마리 테레즈는 입술을 깨물었다.

"왜요?"

나는 재차 물었다.

"저……"

버스는 시청과 오페라 극장 사이로 구부러졌다.

비틀거리는 순간, 나는 그녀의 몸에 부딪쳤다. 그녀의 몸은 뼈가 드러날 정도로 말랐다.

"무도회에서 파트너가 돼주었으면 해서요. 얼마 전, 쟈크에게 부탁했거든요."

땀이 밴 내 손바닥이 그녀의 손에 닿자 마리 테레즈는 당황하며 손을 뺐다.

"쟈크와 이야기했어요. 당신에 대해서요."

그렇게 말하고 나는 그녀에게 바싹 다가갔다.

"나는 그의 가톨릭 신앙이 편협하다고, 지나치게 엄격하다고 말했습니다. 가톨릭 신앙은 그런 게 아니고, 더욱 관대하고 폭 넓은 겁니다. 그렇게 생각하지 않습니까?"

내가 겨냥한 것은 먼저 이 못생긴 여자의 자존심을 달래주는 거였다. 그녀가 무도회에 가지 않으면 나도 안 가겠다고 말했다.

"당신은 잘못한 거 없어요."

"하지만……"

그녀는 귓불까지 붉어졌다.

"제가 아니더라도 다른 파트너가 많이 계시잖아요."

라파이엣 거리에서는 서커스단이 공연 중이었다. 커다란 천막이 늘어서고, 군중이 붐비고 있었다. 따분했다. 매우 따분했다.

"누가……"

라고 나는 괴로운 듯이 답했다.

"누가 사팔뜨기인 나 같은 남자와……"

돌연, 마리 테레즈는 연민에 찬 슬픈 눈으로 나를 바라보았다.

"그런 게……"

"그럼 파트너가 되어 주는 겁니까?"

"하지만 쟈크에게 알려지면……"

버스는 광장 앞에서 멈췄다. 그녀는 이곳에서 내릴 예정이었다.

"괜찮겠지요?"

나는 그녀의 귓가에 입을 대고 작은 소리로 계속 속삭였다. 마리 테레즈의 비쩍 마른 몸이 서커스 구경을 마치고 집으로 돌아가는 듯한 아이와 어머니들 속으로 사라졌을 때 나는 득의만만한 미소를 지었다. 어쨌든 그 여자는 쟈크에게 작은 비밀을 지니게 된 것이다. 작은 비밀은 다른 거짓말, 다른 비밀을 낳고, 그것은 이 배신의 골짜기를 울리면서 무너져 내릴 것임을 나는 알고 있었다…….

6

무도회의 밤, 베르크르 광장의 루이 14세 동상 밑에서 그녀와 만났다. 우스꽝스럽게도 주근깨의 얼굴에 화장을 하고 입술에는 루주까지 바른, 광대처럼 생긴 이 얼굴을 본다면 쟈크도 얼굴을 돌릴 것이다. 어디에서 꺼내 입었는지 비로도 케이프를 두른 그녀는 나를 바라보자 교태를 부리며 미소를 지었던 것이다. 나는 배신과 비밀이 이처럼 그녀를 한 여자로 탈바꿈시킨 위력에 놀랐다.

'지금쯤 쟈크 녀석, 푸르비에르 신학교 기숙사에서 신학대전에 매달려 있겠지.'

호텔 라모의 홀에서는 이미 감미로운 탱고 소리, 색소폰의 음을 조절하는 소리, 쾌활한 목소리가 새어 나오고 있었다. 창으로 새어 나오는 불빛이 봄날의 밤처럼 물기를 머금고 있다. 내가 그녀를 데리고 로비로 들어갔을 때 접수처의 학생들은 소매를 서로 잡아당기며 숨을 죽여 몰래 웃었다.

"모니크, 와 있을까요?"

"뭐 어때. 나중에 만나는 게 좋지 않겠어? 그녀, 아마도 놀랄 거야."

나는 일부러 연인처럼 스스럼없는 말투를 썼다. 바에서

는 보이가 마른 수건으로 컵을 닦고 있을 뿐이다.

"코냑."

"안 돼요. 못 마시는 걸요."

여자가 케이프를 벗자 쇄골이 보기 흉할 만큼 확연히 드러났다. 가슴은 7, 8세의 소녀처럼 납작했다.

"별거 아니니까 잠깐 입을 대봐. 그런데 쟈크에게는 아무 말도 안 했지?"

그녀는 괴로운 듯이 눈썹을 찡그렸다.

"저, 당신을 믿어요."

"안심해, 걱정할 거 없어."

술잔이 오고감에 따라 여자의 얼굴은 서서히 붉어지고, 땀으로 엉망이 된 화장이 지워지기 시작하더니 주근깨가 드러났다. 망가진 인형처럼 목도 흔들렸다.

"믿~어~요."

라며 그녀는 잘 돌아가지 않는 혀로 말했다. 나는 무대 위에서 왈츠가 연주되기를 기다렸다. 탱고나 슬로보다도 왈츠를 선택한 것은 생각이 있었기 때문이다.

〈아무렇지 않게〉라는 신곡을 쟈크 형제들이 연주하기를 기다렸다. 빨강, 노랑, 파랑 팽이처럼 여학생들의 의상이 소용돌이치고 있는 무리 속으로 나는 여자를 밀어 넣었다.

“믿~어~요.”

라고 바보 같은 여자는 말했다.

“믿~어~요.”

나는 가능한 짧게 회전을 했다. 상대방에게 숨 돌릴 틈을 주지 않기 위해서이다.

그녀는 내 가슴에 얼굴을 기댔다. 그 땀범벅의 화장자국으로 나의 단벌옷이 엉망이 된다.

“그만, 이제 그만. 힘들어요.”

마리 테레즈는 내 팔 안에서 늘어졌다. 개처럼 입을 벌린 채 복숭아 빛깔의 혀를 보이며 ‘헉헉’거렸다.

“물 마시고 싶어.”

홀 왼쪽 구석에는 정원으로 나가는 입구가 있다. 정원에는 아직 아무도 없다. 숲 뒤의 벤치에 그녀를 앉혔다.

그곳에서는 베르크르 광장의 뉴스 전광판이 뚜렷하게 보인다. 나는 바에 가서 상당량의 진을 물에 타서 가지고 왔다. 갈증이 난 마리 테레즈는 한꺼번에 그것을 들이켰다. 그녀의 양팔을 왼손으로 붙잡듯 껴안고, 나는 오른손 손바닥으로 얼굴을 치켜들었다.

“지금까지 나를 상대해 주는 남자는 없었어요.”

라며 여자는 내게 달라붙었다.

“아무도 날 사랑해 주지 않았어요.”

전광판의 뉴스는 꺼졌다가 나타나고, 다시 꺼진다.

'나치는 케른에서 50명의 유태인을 학살하고'

홀로부터 지르박 곡曲, 축 늘어진 트럼펫 소리, 폭죽 소리가 울려 퍼졌다.

'나치는 케른에서 50명의 유태인을 학살하고'

"그렇군, 그렇군."

나는 멍하니 중얼거렸다.

……

밤바람이 나를 깨웠다. 여자는 시체처럼 벤치에 누워 있다. 아덴의 한낮, 갈색의 바위 그림자 속으로 쓰러진 아랍 소년도 이런 자세로 엎드려 있었다. 적막함이 나의 가슴을 조여 왔다. 왠지 알 수 없다. 슬픔이라기보다는 피로, 매우 심한 피로임에 틀림없었다. 채워야 할 공간을 채운 뒤, 이제 무엇을 해야 좋을지 알 수가 없다. 납빛 아덴의 하늘엔 원반과 같은 태양이 가장자리만 희미하게 빛나고 있었는데, 지금의 나의 영혼은 그것과 비슷하게 파란빛을 띠며 계속 타오르고 있었다.

혼자서 로비로 돌아왔다. 신학생이 로비 의자와 의자 사이에 서서 이쪽을 쳐다보고 있었지만, 이제 나로서는 어찌 되든 상관없었다.

"어디야?"

쟈크는 내 어깨를 뒤흔들었다.

"마리 테레즈를 어디에 뒀어?"

"정원일 거야."

피곤한 목소리로 나는 답했다. 그의 손끝의 강렬한 힘이 내 어깨에 가해졌다.

"설마, 너."

"치워. 손가락 하나 건드리지 않았어. 내가 그녀의 속옷을 찢었다고 해서? 하지만 너는 그녀의 더욱 중요한 것을 찢었잖아?"

"왜, 나를……"

라며 그는 입을 다물고는, 열병환자처럼 몸을 떨었다.

"악마!"

하고 그는 소리쳤다. 소리치면서 주먹을 치켜 올렸지만, 주먹은 힘없이 떨어졌다.

그 상태로 우리 두 사람은 만나지 않았다. 그 다음날부터 여름방학이었다…….

7

여름방학 동안 어머니는 건강을 위해 나를 데리고 사보아의 피서지인 콘브루우로 갔다. 그녀는 과민하게 뇌일혈을 두려워하고 있었다. 그 1천 미터 가까운 고원의 기압이 그녀의 혈압에 도움이 되었는지, 어땠는지 모르겠다. 우리는 마을에서 떨어진 작은 호텔에 방 두 개를 빌렸다. 나는 여기서 얀세니즘의 책을 읽으며 지냈다. 유년기부터 나에게 영향을 끼친 이 사상을 다시 접하고 싶었기 때문이다. 얀세니즘에 관심이 있었던 것은, 인간은 원죄原罪에 의해 왜곡되어 버렸다는 점 때문이었다. 인간은 아무리 발버둥쳐도 악의 심연에 빠져들어 간다. 어떤 덕행도 의지도 우리를 순화하기에 불충분하다. 얀세니즘의 이러한 사고방식이야말로 확실히 나의 인간관을 뒷받침하는 것이다.

아무것도 모르는 어머니는 내가 오랜만에 종교서적을 펴서 읽는 것에 만족하고 있었다. 불쌍한 어머니, 그녀는 크로와 르츠의 집에서 소년인 내게 부과한 엄격한 종교교육이 지금 어떤 결실을 맺었는지 전혀 눈치 채지 못했던 것이다.

조용한 나날이 계속되었다. 여름은 고원의 모든 것을 파랗게 물들일 정도로 깊고 짙었다. 나는 그림엽서 두 장을 사서, '방학 잘 지내길 바란다'라고 쟈크와 마리 테레즈 앞으로 보냈다. 물론 답장은 없다. 9월이 되었다. 안개가 잔뜩 끼며 추워진다. 어머니가 이번에는 천식을 두려워하기 시작했다. 우리가 리옹으로 돌아올 준비를 하던 9월 1일 새벽, 독일군은 폴란드를 침공하기 시작했다…….

10월 1일, 여름방학이 끝나자마자 대학으로 달려갔다. 하지만 조용했다. 교내 게시판에 붙어 있는 신학기 강의시간표는 예전과 마찬가지로 펄럭이고 있었다. 5, 6명의 단발머리 여학생들이 고개를 갸우뚱하며 시간표의 내용을 수첩에 옮겨 적고 있는 풍경 또한 전혀 바뀌지 않았다.

플라톤…… 마드니에 강사

그 이름을 다시 보았을 때 나는 그 노교수의 포도주에 절어서 벌건, 장밋빛의 동그란 얼굴, 늘 입가에 띠고 있는 감미로운 미소, 담뱃진으로 노래진 턱수염을 뚜렷이 떠올렸다. 옛날 앙리 4세 중학생이었을 때, 노인은 이 얼굴을 책상 위에 올려놓고 윤리학 개론을 가르쳤다. 지금, 전쟁과 대학살의 날이 눈앞에 임박해 있는 상황에서조차 이 노인은 공허한 미소를 입가에 떠올리며 플라톤을 이야기한다. 마드니에가 살아 있고, 그 인생이 용납되고, 뿐만 아니라 그 선량한 웃음이 대학 교실을 지배하고 있다. 이런 상황에서조차도 그것이 가능하다.

……문과대학을 나와 교정의 잔디밭을 가로질러 아우구스트 콩트상像 앞에까지 왔을 때, 나는 빨간 가방을 든 마리 테레즈가 모니크와 뭔가를 속삭이면서 교문을 빠져나오는 것을 보았다.

"안녕, 모니크."

나는 일부러 모니크에게 인사를 건넸다. 그리고는 침을 삼키며 천천히 멈춰 섰다.

"안녕, 마리 테레즈."

라고 나는 상대의 눈을 가만히 바라보면서 말했다.

여자는 손을 내밀지 않았다. 어린아이처럼 조금씩 뒷걸음치면서 마리 테레즈는 모니크의 등 뒤로 숨었다.

"그 뒤에 어떻게 된 거야? 무도회 날. 내내 호텔에 있었어?"

나는 일부러 허물없는 말투로 물었다.

"어떻게 됐냐니까?"

모니크가 놀라 휙, 하고 뒤를 쳐다볼 정도로 마리 테레즈는 격앙된 소리로 뭐라고 외쳤다. 나로서는 무슨 소리인지 알아들을 수 없었다. 아무래도 상관없었다.

"이제 무도회 같은 건 영원히 끝이야. 전쟁이 시작되었으니까."

모니크에게 웃으며 그렇게 내뱉고, 나는 두 사람을 거기에 남겨둔 채 떠났다.

어머니가 뇌일혈로 쓰러졌다. 어머니 자신의 나라와 아버지의 나라가 서로 적이 된 충격도 그 원인일 것이다.

"나는 독일인이 아냐. 프랑스인이라고."

헛소리를 하는 가운데 그녀는 그렇게 외쳤다. 꿈속에서 남편을 만난 듯했다. 그 목소리는 요염했고, 응석부리는 어조마저 띠고 있었다. 남편에게 자신의 애정, 자신의 순결함을 변명하는 듯했다. 어머니의 머리맡을 지키면서 나는 이 여자에게 연민을 느끼기도 했다.

그녀의 병을 구실로 나는 대학을 휴학하기로 했다. 건강할 때라면 결코 용납하지 않을 휴학을 어머니는 나의 효행으로 받아들였다. 거기에도 작고 통속적인 환영幻影이 있었다.

환영은 아직 리옹 거리에 달라붙어 있었다. 폴란드를 한번에 정복한 나치군은 드디어 독일·불란서 국경 침입을 노리고 있다.

'보라! 마지노선이 무섭기 때문에 녀석들은 손을 쓰지 못하고 있는 것이다.'

신문은 연일 그렇게 써대고 있었고, 시민들은 마로니에

잎들이 금빛으로 떨어지는 가을 햇살을 받으며 카페의 테라스에서 하품을 하고, 노인들은 제1차 대전 때의 추억을 이야기하며, 식사 전에 마시는 술을 몇 시간에 걸쳐 마시고 있었다.

가을이 저물었다. 손 강과 론 강에서 누런 빛깔의 리옹 특유의 안개가 피어오르고, 그 안개가 거리 여기저기를 적시는 계절이 찾아왔다. 어머니의 병은 점점 악화되었다.

"얘야. 교회에 가야 한다."

그녀는 침대 위에서 멍한 눈으로 나를 바라보며 중얼거린다. 나를 15년 전의, 천사처럼 순진하고 경건한 소년으로 착각하기 시작했던 것이다.

'이젠 죽는구나, 이제 안 되겠구나.'

라고 나는 생각했다. 곁에서 시중들던 간호사가 돌아간 후, 나는 욕창에서 농이 나오는 그녀의 등에 약을 붙여주면서 어머니가 죽고 나면 자신에게 돌아올 자유에 대해서 생각했다. 그것은 아덴에서 묵고 있을 때 포트 사이드로 아버지가 출장 나간 날, 내가 얻은 자유를 생각나게 했다. 그런데도 불구하고 창백하고 땀투성이인 어머니의 얼굴을 엿보면서 왠지 나는 희열을 느끼지 못했다. 나는 무감동해져 있었다…….

이슬비와 우박이 계속 내리는 1940년 2월, 그녀는 결국 죽었다. 어머니는 아버지와 마찬가지로 결국 생전에 아들의 어두운 비밀을 알지 못했다. 천사와 같은 아들에게 손을 맡긴 채 숨을 거두었다.

혼자가 되었다. 유산은 앞으로 10년 동안의 내 생활을 보장하고 있다. 나는 자유다.

또 다시 미칠 듯한 봄이 찾아왔다. 혼자서 2층의 창으로 등나무 꽃이 떨어지는 것을 바라보니 그때처럼 전혀 인기척조차 없다. 쥐 죽은 듯 조용한 가운데 옅은 자줏빛 꽃잎이 떨어지고 있다. 물론, 그 늙은 개는 훨씬 전에 죽었다. 하녀 이본느의 소식도 끊어졌다.

쟈크와 마리 테레즈가 어떻게 되었는지도 모른다. 그들이 어찌되었든 이제 나와는 상관없었다. 대학에는 두세 번 나갔지만, 옛날 친구는 이미 나를 잊고 있다.

때문에 모니크에게서 마리 테레즈의 그 후의 소식을 들었을 때 나는 별로 놀라지도 않았다.

"아니, 몰랐어요? 마리 테레즈는 성 베르나뎃트회의 수도원에서 기숙하고 있어요."

"쟈크의 명령인가?"

"그럴 거예요. 오후 5시에 성 베르나르 성당에 가 봐요.

둘이서 함께 기도하고 있을 거예요.”

비웃는 듯한 웃음을 입가에 띠며, 이 세련된 여자는 가르쳐주었다.

일주일 정도 지나, 역시 나는 성 베르나르 성당에 갔다. 나른한 저녁녘이다. 1년 전 6월, 나는 마리 테레즈를 쫓아 이곳에 왔었다. 그 후로 두 번 다시 이곳을 찾아온 적이 없다.

성당 옆에는 커다란 백련 나무가 하얀 꽃을 피우고 있다. 잿빛의 저녁 안개 속에서 꽃잎만이 하얗게 들떠 보인다. 안에 들어가 보았으나 그들은 아직 와 있지 않았다. 닳고 갈라진 의자에 앉아 가만히 기다렸다.

제대에는 성체등燈이 빨갛게 켜져 있고, 그 불빛을 받으며 십자가가 하나 놓여 있다. 초라하고 야윈 알몸의 그리스도가 양손 양발에 못이 박힌 채, 떨군 머리는 이쪽을 향해 있었다. 발판에는

‘나는 너희의 생명이다.’

라는 라틴어가 새겨져 있다. 그 발판 옆에는 성모 마리아가 슬픔에 젖어 쓰러질 듯한 자세로 합장을 하고 있었다.

나는 그날까지 이와 같은 십자가를 익히 보아왔다. 프로테스탄트 가정에서 자랐다고는 하지만, 나는 가톨릭 미술에 대해 무지하지는 않다. 이 성 베르나르 성당의 십자가

가 예술적으로 뛰어난 것이 아니라는 것, 오히려 너무도 통속적이라는 것 정도는 알고 있었다. 그러나 그날 저녁, 오직 쟈크와 마리 테레즈를 엿볼 목적으로만 찾아온 이 성당에서, 그리스도상像은 강렬히 나를 유혹했다.

내가 새삼스럽게 알게 된 것은 그리스도의 생애가 고문을 받아 완성되었다는 점이다. 이 남자 역시 고문하는 자와 고문당하는 자로 이루어져 있는 세계를 피해 갈 수는 없었던 것이다. 오늘날 수억의 신자들은 일요일마다 호주머니를 짤랑거리며 성당에 들어간다. 십자가 앞에 무릎을 꿇는다. 신부나 목사의 설교를 멍하니 듣는다. 그러나 그들은 눈앞의 십자가가 말하려 하는 것에는 귀를 기울이지 않는다. 그 목수의 아들이 이 지상에서 살았던 세계는 결국, 크로와 르츠의 하녀와 개의 모습, 아덴의 태양 아래에서 내가 바위 그늘에 소년을 밀어 쓰러뜨렸던 것과 같은 세계라는 사실을 인정하려 하지 않는다.

'그렇지? 그렇지?'
라고 그리스도상은 나에게 속삭였다. 나는 고개를 흔들었다. 지금 그리스도는 내가 가장 기뻐할 듯한 부분을 미끼로 유혹하기 시작하는 것이다.

'내가 넘어갈 줄 알아?'
라며 나는 신음했다.

정신이 들어 주위를 둘러보았다. 그들이 와 있었다. 1년 전과 마찬가지로 성모 봉헌대 앞에서 촛불을 켜고 있었다.

여자는 야위어 있었다. 여학교의 노처녀 교사가 입을 법한 헐렁헐렁한 검은 옷을 입고, 검은 양말을 신고 있었다. 양손을 얼굴에 대고, 이를 악물고 있었다. 그런데도 쟈크는 그 옆에서 옛날 그랬던 것처럼 팔짱을 끼고 눈을 감은 채 서 있다. 벗어진 머리에 초라한 붉은 머리카락이 땀에 젖어 빛나고, 얼굴을 움직일 때마다 봉헌대에 놓인 촛대의 불빛이 테두리 없는 안경에 반사돼 번쩍번쩍 빛나는 것도 옛날과 같았다.

나로서는 왜 마리 테레즈만이 이토록 변했는지 알 수 없었다. 필시 그녀는 그 무도회 밤부터 쟈크에게 추궁 당했을 것이다. 궁지에 몰렸을 것이다. 나와 육욕의 죄를 범했다 해서 그 더러움을 없애기 위해 그녀는 자신의 몸에 고통을 가하도록 요구받았을 것이다. 하지만 확실한 것은, 중요한 것은, 그녀가 지금 쟈크의 폭력적인 지배 하에 있다는 점이다. 내가 밀어 넘어뜨린 이 여자의 과거는 반대로 신학생의 광신의 미끼가 되었음에 틀림없다. 그녀는 다시 쟈크의, 이 신학생의 손아귀로 돌아갔던 것이다.

성당 안의 굵고 차가운 돌기둥에 뺨을 대고, 나는 형언할 수 없는 분노와 비참함을 느꼈다. 그것은 그들에 대해서라기보다는, 이 마드니에와 쟈크의 세계 속에서 홀로 살아가고 있는 자신에 대해서였다…….

5월 10일, 드디어 나치군은 네덜란드와 벨기에 국경을 돌파했다. 마지노선에 대한 환영은 소리를 내며 무너져 버렸다.

리옹의 정류장은 프랑스 북부와 파리에서 피난하는 사람들, 소집된 장병과 그 가족으로 큰 혼잡을 이루고 있었다. 거리는 공습에 대비하여 5시 이후에는 쓸데없는 외출이 금지되었다.

6월 25일, 드디어 파리는 함락되었다. 그리고 그로부터 일주일이 채 안 된 어느 날 새벽에 리옹 시민은 론 강의 아침 안개 속에서 들리는 나치군의 질서정연한 발소리와 전차 소리에 당황하면서 눈을 떴던 것이다.

그날부터 점령시대가 시작되었다. 상점도 주택도 굳게 문을 닫았다. 카페도 영화관도 오후 4시가 아니면 열리지 않는다. 시민들은 거리로 나가는 것을 두려워하고 있다. 7월의 작열하는 햇살을 받은 플라타너스 가로수가 생기를 잃고 축 늘어져 있는 레퓨브릭 거리를, 나치의 사이드카만이 천을 찢는 듯한 날카로운 소리를 내며 달려간다.

나는 집에 틀어박혀 있었다. 기다리고 있었다. 뭔가가

찾아오기를 기다리고 있었다.

처형, 고문, 학살의 날이 다가오고 있다. 인간 세계가 문명과 진보의 가면을 벗고, 본 모습을 드러낼 때가 다가온다. 이본느와 늙은 개의 세계, 아덴의 아랍 처녀와 소년의 세계, 움직이지 않는 하얀 태양 아래 타서 시들어 버린 갈색의 초원과 바위들이 본래의 모습을 회복할 때가 다가온다. 나는 알고 있었다.

8월의 한낮, 나는 볼일이 있어 쥬랑 거리를 지나갔다. 나치의 점령에 어느 정도 익숙해지기 시작한 시민들은 안도의 표정으로 그곳을 걷고 있었다.

그때다. 돌연, 등 뒤에서 으르렁거리는 듯한 독일군의 사이드카와 트럭 소리가 들려왔다. 본능적으로 나는 앞에 있는 상점의 닫힌 문 그늘로 몸을 숨겼다.

날카로운 여자의 비명소리가 났다. 무장한 나치 병사들은 트럭에서 뛰어내리자, 당황하며 흩어지는 행인 가운데로 달려들었다. 그들은 닥치는 대로 5, 6명의 시민의 팔을 잡고는 때리기도 하고 질질 끌기도 하면서 차에 밀어 태웠다. 눈 깜짝할 사이였다. 그들의 차는 그대로 사라져 버렸다.

우리들로서는 그 이유를 알 수 없었다. 체포된 시민이 무작위로 선정되었다는 점은 확실하다.

"잡혀간 그 사람들, 반독反獨 운동가였는지 몰라."

이윽고 길가 여기저기 몰려 있다 살아난 사람들이 소곤거리며 이야기를 주고받았다. 뷔시파의 프랑스 경찰이 오더니 우리들에게 즉각 집으로 돌아가라고 했다. 사람들은 뒤를 흘낏흘낏 돌아보며 흩어졌다.

다음날, 우리는 그 이유를 알았다. 길모퉁이마다 맞아서 엉망이 된 체포자 5명의 얼굴 사진이 공개되었다.

'리옹의 점령군인 우리 독일은 충성스런 독일군 장교 한스 뮬러를 살해한 반독 운동가에게 복수하기 위해 왼쪽 5명의 프랑스인을 처형하기로 결정한다. 우리들은 앞으로도 독일 장병 한 사람의 피의 대가로 프랑스인 5명의 피를 요구할 것임을 알린다.'

나는 나치의 테러리즘의 음모에 감탄했다. 시민들을 공포와 불안에 떨게 하고 위축시키는 그들의 방법은 실로 과학적이다.

19세기까지의 공포정치와 고문은 오히려 충동적, 동물적이다. 피에 굶주린 자, 분노와 공포로 미친 자가 그 충동에 휘말려 적을 고문하고 살해한다. 이 원시적인 행동은 종교재판과 프랑스 혁명에서 엿보이는 대로이다.

그러나 나치는 한층 근대적이고 20세기적이었다. 인간을 약자로, 노예로 만드는 방법을 냉철하고 논리적으로 잘

터득하고 있다. 같은 고문, 같은 학살일지라도 거기에는 모르모트*를 죽이는 의사와 같은 비정하고 독한 면이 있다.

예를 들어, 폴란드 수용소에서는 포로들에게 염분을 주지 않았다. 심한 강제노동으로 지친 인간이 소금을 섭취하지 못하면 서서히 쇠약해져 결국은 피로사疲勞死로 죽게 된다. 피로사는 국제법상으로 학살이 아니라 병사病死로 선언할 수 있다. 그뿐만 아니라, 이 방법은 한꺼번에 많은 사람을 손쉽게 죽게 할 수 있다.

내가 목격한 그 사건은 철저히 계산된 것이었다. 아무 잘못도 없는 시민들은 우연히 그날 외출했기 때문에, 우연히 그 길을 그 시각에 지나갔기 때문에, 죽음의 희생자가 되지 않으면 안 되었다. 우연히 그들에게 죽음을 초래할 수 있다는 사실은 모든 것에 공포를 확대시킨다. 생사를 정하는 어떤 법률, 규칙이 정해져 있다면, 인간은 그 법률, 규칙에 순응시켜 자신의 운명을 구할 수 있다. 그러나 우연일 경우에는 아무리 해도 맞설 수 없다. 그날부터 리옹의 시민들은 한 발자국도 바깥에 나올 수 없다. 외출한다는 것, 그것은 어쩌면 죽음을 의미하는지도 모르기 때문이

* 역주−실험용 흰색 쥐의 이름이다. 번식률이 높아 실험용으로 쓰인다.

다.

항독抗獨운동가의 저항도 그즈음부터 서서히 격렬해졌는데, 처형된 레지스탕트의 이름은 반드시 번화가에 게시된다. 나는 처형되는 사람들이 전부 유태인이라는 점에 놀랐다.

'피에르 반은 유태인의 피를 지니고 있기에 처형한다.'

프랑스인들은 독일인이 유태인을 증오하고 있다는 것을 알고 있었다. 그러나 그 내용을 접하는 그들의 마음은, 자신이 유태인 혈통이 아니라는 점에 안심한다. 그때 그들은 이미 몰래 살해된 피에르 반을 배신하고 버렸던 것이다. 피에르 반이 유태인 혈통이지만, 같은 프랑스인이라는 사실을 망각한 것이다. 나치는 이렇게 하여 프랑스인의 비겁한 자기보호 본능을 이용해 그들의 분열을 꾀했던 것이다.

이 점을 깨달은 날부터 나는 자주 저녁시간에 리옹 거리로 나갔다. 저녁노을이 살아 움직이는 거라고는 하나도 없는 대로大路를 붉게 물들이고 있다. 거리는 몇 세기 전에 폐허가 된 듯이 죽어 있다. 그것을 보면서 마드니에가 지금 어떻게 지내고 있는지, 쟈크와 그 여자가 무엇을 하고 있는지 문득 생각하기도 했다. 하지만 그 피로 물든 것처럼 검붉은, 아무도 살아 숨 쉬지 않는, 한줄기의 아스팔트 길, 황야와 사막과 같은 그 풍경은 나를 감동시켰다. 나는 거기서 진실을 발견한 듯했다.

10월 상순, 나치에게 압력을 받고 있던 프로그레지紙의 하단 광고에서 나는 독일군이 통역, 사무원을 모집한다는 내용을 보았다. 그러나 그날의 광고는 평상시와는 달랐다. 그것은 리옹 점령군의 게슈타포의 광고였기 때문이다.

어머니가 독일인인 나는 독일어를 약간은 할 수 있었다. 나는 설탕이 안 들어간 쓴 커피를 마시면서 1시간 남짓 그 광고를 쳐다보고 있었다. 이 일이 자신에게 어떤 영향을 초래할지 알고 있었다. 문득, 어머니가 죽기 전에

"나는 독일인이 아냐. 프랑스인이야."

라고 한 소리가 오장육부 밑바닥에서부터 쓴 맛을 띠며 치밀어 올라왔다.

"그만둬, 너 배신할 생각이니? 그러면 안 된다!"

라고 어머니는 필사적으로 외쳐대고 있었다.

하지만 결국 나는 손 강 근처 리옹시 재판소 뒤쪽에 있는 검고 추운 건물로 갔다. 권총을 손에 들고 시민증 제시를 요구한 독일군 사병에게 나는 아침 신문을 보고 왔다고 말했다. 그는 지린내가 나는 작은 방으로 데리고 갔다. 콧수염을 기르고 뺨이 야윈 한 남자가 힘없이 앉아 있었다. 그는 스페인 사람이라고 자신을 소개했다. 오른쪽 귀가 없었다.

"혁명전쟁 때 잃었소."

라고 그는 말했다. 우리들은 그대로 묵묵히 석양이 비치는 햇살 속에서 서로 마주보고 있었다.

그 사람 다음에 나를 불렀다. 벽으로 둘러싸인 썰렁한 방 안에는 아무런 장식도 없었고, 책상 앞에는 살찐 중년의 중위가 앉아 있었다. 그의 늘어진 피부가 인상적이었다. 게슈타포에 근무하는 남자로는 보이지 않았다. 나의 전력前歷을 하나하나 물을 때마다 그는 피곤한 듯 눈을 슴벅거렸다. 그 눈은 바닷가에 밀려온 썩은 물고기 눈처럼 흐릿하게 젖어 있었다. '알코올 중독인가 보군' 하고 나는 생각했다. 아버지의 눈이 생각났다.

오후 햇살이 창에서 저물어 간다. 책상 위의 등을 켜고 중위는 서류에 내 답변을 써 넣는다.

갑자기 멀리서 동물의 신음소리와 비슷한 비명이 들려왔다. 그 소리는 잠시 중단되었지만, 이어서 격렬한 외침으로 바뀌었다. 그리고는 아주 잠잠해졌다. 중위는 얼굴도 들지 않았다. 나는 채용되었다.

8

폼 드 테르는 리옹의 푸르비에르 구릉과 크로와 르츠와의 경계지점에 있는 긴 언덕길이다. 나는 게슈타포가 이곳을 심문 장소로 선택한 것을 당연하다고 생각한다. 사람들 눈에 띄기 쉬운 시내나 무수한 아파트와 인가가 집중해 있는 다른 거리들과 달리, 이곳은 긴 갈색의 토담이 내부의 건물을 완전히 가리고 있다. 어떤 고문으로 인한 절규, 비명도 너른 정원에 가로막혀 외부로 새나가는 일은 없을 것이다.

점령 전에는 리옹의 유력한 지주가 소유하고 있던 이 저택은 저택이라기보다는 오히려 커다란 농가와 비슷했다. 너른 정원에는 소작인들이 묵는 두 채의 오두막집이 있고, 그 오두막에서 본채의 주방까지 지하통로가 연결되어 있다. 게슈타포가 심문에 사용한 것은 주방이다. 나는 그 외의 방에 대해서는 거의 모른다. 그들은 내가 마음대로 돌아다니는 것을 금했던 것이다.

처음으로 그 집에 데리고 간 것은 41년 1월의 일이다. 중위는 갑자기 론 재판소 뒤쪽의 게슈타포 본부에서 나를 사이드카에 태워 이 인기척 없는 폼 드 테르를 방문했다.

저녁녘의 일이었다. 리옹 특유의 누런 빛의 안개가 서로 뒤엉키고 휘말리면서 2, 3일 전에 내린 잔설 위를 핥듯이 기어 다니고 있었다. 저녁 안개 속에서 얼어붙은 눈만이 검푸르게 빛나고 있었다. 나는 눈 위를 밟는 중위의 장화 소리를 들으며 뒤를 묵묵히 따라갔다. 중위도 왜 이곳에 왔는지, 무엇을 할 것인지에 대해 전혀 말이 없다.

저택의 창들은 페인트가 벗겨진 셔터에 의해 굳게 잠겨 있다. 때때로 겨울철이 되어 삭막해진 정원의 숲 속에서 나무가 부러지는 소리가 들렸지만, 그 외에는 모든 것이 쥐 죽은 듯 조용했다. 가시 달린 키 작은 나무가 해삼 빛깔의 집 벽에 달라붙어 이리저리 줄기를 뻗고 있었는데, 그 것을 보았을 때 나는 장미라고 생각했다. 왠지 한낮에 크로와 르츠의 도로에 떨어지던 등나무 꽃이 떠올랐다가 이내 사라졌다.

주방 앞으로 가자 외투 차림의 권총을 든 독일병이 출입구에 기대어 있었다. 젊은 병사이다. 그는 경례를 하더니 커다란 열쇠를 문구멍에 넣어 중위와 나를 들여보냈다.

등불도 켜지 않은 어스름한 주방 안에는 두 남자가 허술한 나무 의자에 앉아 있었는데, 우리를 보자 일어섰다. 중위가 두 사람과 은밀히 이야기를 나누고 있는 동안 나는 벽에 걸린 커다란 프라이팬과, 주방 한가운데 있는 몇 십년 동안 연기로 그을리고 거무스름해진 벽을 바라보고 있

었다. 개수대에는 독일병의 반합 세 개가 나란히 늘어서
있다.

중위는 나를 부르더니 두 남자에게 내 이름을 말했다.
그들은 독일인이 아니다. 잿빛의 저녁 안개 속에서 뺨이
야위고 땀투성인 데다가, 길쭉한 눈만 벌겋게 빛나고 있는
얼굴 하나를 보았다.

"나, 폐병이야."

알렉산델 르뷕히라는 이 체코슬로바키아인은 주머니에
손을 넣은 채 사투리 섞인 독일 말로 그렇게 말했다.

또 한 남자, 앙드레 캬반느는 백치처럼 내 얼굴을 오랫
동안 응시할 뿐이었다. 투명할 정도로 하얀 얼굴이다. 그
는 내민 나의 손을 무시한 채 핏발이 선 눈으로 나를 바라
보았다.

"왜, 인사를 안 하지?"

알렉산델은 쉰 목소리를 내며 "후, 후" 하고 웃었다.

"너희들, 프랑스인 아냐?"

헛기침을 하며 그는 마룻바닥에 침을 뱉었다. 그러나 앙
드레 캬반느는 방구석으로 되돌아가 벽에 기댄 채 움직이
지 않았다.

주방에서는 심문과 고문이 행해졌다.

머지않아 주방 옆에 있는 작은 구멍에서 끌려나온 용의자가 출입구에 나타난 순간부터 나는 그가 고문을 견딜 수 있을지, 못 견딜지를 알 수 있게 되었다. 레지스탕트 일당을 숨긴 농민, 항독 운동가의 연락선 역할을 해온 젊은 은행원, 반독 선언문을 몰래 인쇄한 인쇄소 주인 등등, 그들은 소리치거나 실신하거나 한다. 고통을 견디기 힘들어 이를 악물고 신음하는 용의자의 표정은 아름다울 때도 있다.

　하지만 나는 단지 중대한 의식을 치르듯 정중하게 심문하는 중위의 말을 프랑스어로 상대방에게 통역하는 기계에 불과하다.

　"숨겨 둔 게릴라의 이름을 대."

　"몰라요. 약과 식료품을 줬을 뿐이에요."

　"그럼, 어째서 그가 네 집을 찾아왔지?"

　"12일 밤, 누군가가 출입구를 두드려, 여동생이 나가보니 부상당한 레지스탕트였어요. 약과 음식을 가지고 그대로 가 버렸어요."

　"그래? 귀찮게 하는군."

　최후까지 중위는 중대한 의식을 치르는 듯한 투로 말한다. 알렉산델은 천천히 상의를 벗는다. 용의자는 자신이 고문당할 거라는 사실이 믿어지지 않는다. 그는 중위의 졸린 듯한 얼굴을 불안스럽게 살핀다. 호스로 한차례 얻어맞고 의자에서 나동그라진 몸에서 묵직한 매질 소리가 규칙적으로 울려 퍼진다. 얼마 동안은 묵묵히 견디는 용의자도 있는 법이다. 최초의 신음소리가 새어 나오면, 그 소리는 마치 술주정꾼의 콧소리처럼 속도를 더해 높은 비명으로 바뀐다. 그는 '피싯, 피싯' 하는, 건조하고 규칙적인 리듬에 맞춰 점점 높은 비명을 지른다. 팔로 얼굴을 가린다. 얼굴을 가린 채 나방 유충처럼 바닥을 이리저리 뒹군다. 알렉산델의 얼굴도 땀투성이가 되고, 그 눈은 황홀해진 듯 쾌감으로 번쩍번쩍 빛나기 시작한다. 그때는 매 맞는 자의 목소리조차, 매 맞는 것에 일종의 정욕적인 희열을 느끼고 있는 듯이 보인다. 신음소리가 거무칙칙한 포효로 바뀌어 갈 때, 알렉산델은 거친 숨결을 내뱉으며 매질을 한다. 그는 "핫, 핫" 하고 소리를 지른다. 소리치면서 때때로 시커먼 담을 내뱉는다. 어두컴컴한 주방 구석에서 중위는 그 장면을 멍하니 쳐다보고 있다.

"이래가지곤, 나도, 머지않아 죽겠군."

담으로 입술을 적시며 폐병을 앓는 고문자는 헛소리처럼 중얼거린다.

이윽고 매질을 멈춘 알렉산델은 말도 하지 못하고, 육욕의 희열이 돌연 사라졌을 때와 같이 그 눈은 검은 공동空洞처럼 움푹 패는 것이다.

이어서 앙드레 캬반느가 일어선다. 그는 개수대에서 물을 넣은 반합을 가지고 와, 그것을 엎드려 있는 남자의 얼굴에 붓는다.

　고문자의 성격에 따라 피고문자의 신음소리, 비명, 절규소리가 다르다는 것을 나는 비로소 알았다. 알렉산델이 매질할 때, 거기에는 단순한 고문이 아닌, 무언가 꺼림칙한 정욕적인 유희가 느껴진다. 폐병환자는 매질하는 것, 한 인간의 육체를 괴롭히는 것에 쾌감을 느끼며 도취되어 있다. 그 정욕이 용의자에게도 전해지는지, 신음과 비명 속에도 뭔가 자극적인 것이 있었다.

　하지만 앙드레 캬반느의 경우에는 그러한 도취가 느껴지지 않는다. 호스를 내리칠 때마다 무디고 딱딱한 소리가 상대방의 육체에서 날 뿐이다. 알렉산델처럼 소리치거나 욕하지도 않으며, 이마에 밤색의 머리카락을 늘어뜨리고, 창백한 얼굴을 숙인 채 일을 진행하는 이 남자에게 나는 왠지 흥미를 느꼈다. 알렉산델과 달리 캬반느가 가학에 도취되지 않기 때문일까? 프랑스인으로 태어났으면서도 프랑스를 배신하고, 그렇다고 해서 독일인도 될 수 없는, 소외된 자의 그림자가 창백하고 야윈 얼굴에 드리워져 있었다. 무딘 고문소리를 들으면서 나는 이따금 캬반느가 상대뿐만 아니라 자기 자신을 매질하고 있는 거라고 생각했다.

분명히 타인으로부터 만이 아니라 스스로 자신을 저주하지 않으면 안 되는 운명이 이 남자를 망가뜨리고 있었다.

하지만 나는 그들과 사귀는 가운데 고문자란 일반적으로 생각하듯 단순한 야만인, 폭력자가 아니라는 점을 확실히 알 수 있었다.

어느 날 저녁녘, 나는 중위가 폼 드 테르의 저택에 버려져 있는 피아노를 치고 있는 것을 본 적이 있다. 그때, 조금 전 고문할 때 썩은 물고기처럼 탁해 보였던 그의 눈은 활기차게 빛나고 있었다. 저녁 햇살이 그 이마와 은발을 장밋빛으로 물들이고 있었다.

"음악을 좋아하십니까?"

라고 나는 물었다.

"나 말인가?"

라며 돌연 그는 얼굴을 일그러뜨리며 답했다.

"모차르트를 좋아하지. 군에 징집되기 전엔, 매일 밤 아내하고 아이와 합주하곤 했어. 모차르트는 훌륭해."

폼 드 테르에서 심문이 없는 날, 나는 중위의 사무실에서 타이프를 치고, 카드를 정리했다.

중위는 아직 나를 완전히 신용하지 않았다. 내 마음대로 그의 사무실 밖으로 돌아다니는 것은 금지되어 있었다. 나는 내게 맡겨진 카드를 분류하고 복사하면서 게슈타포의 능력이 너무나도 탁월한 것에 감탄하곤 했다. 카드는 단순히 점령군에게 물자를 납입하는 프랑스 상인, 리옹에 전입하는 난민들의 경력 조사에 불과했지만, 그것은 이력, 생김새, 특징뿐만 아니라 단골 요리점, 교제하는 친구의 이름, 친척의 직업 등등에 이르기까지, 때로는 정부情婦와 첩에 대해서도 빠짐없이 조사되어 있다. 나는 나에 대해서도 그럴 거라고 생각했다. 내가 외출 중일 때 그들이 몰래 조사하러 오지 않았다고 어떻게 장담할 수 있겠는가? 어머니가 죽은 후, 나는 일주일에 세 번 리시느라는 가정부의 도움을 받았는데, 이 가정부도 그들이나 혹은 항독 운동가의 앞잡이인지 모른다. 의심하려고 하면 지나다니는 사람들마저 의심해야 하는 상황이다. 그러나 중위와 게슈타포 그리고 항독 운동가가 아무리 나의 신변에 대해 상세하게, 빠짐없이 수사한다 하더라도 과거의 나의 추억을, 나를 성장시킨 요소, 이본느와 늙은 개의 광경, 아덴의 소년과의 사건을 알 수는 없다. 게다가 중위, 알렉산델, 캬반느조차도 내게서 빼앗아 갈 수 없는 것, 나와 본질적으로 다른 것이 있었던 것이다.

41년의 1월과 2월도 이렇게 해서 끝났다. 우리는 오랫동안 폼 드 테르에 가지 않았다. 그런데 어느 날 내가 타이프를 치고 있을 때 중위가 사무실에 들어왔다. 이전처럼 그는 지친 모습을 하고 있었다. 그 모습에서 나는 오늘 심문이 있으리라는 것을 알았다. 중위는 고문하기 전에는 언제나 나른한 표정을 띤다.

"자네, 1938년에 리옹 대학에 있었지?"

라고 그는 물었다. 나는 타이프에 손가락을 얹은 채 묵묵히 있었다. '나에 대해서 뭔가 알아낸 건가, 의심을 품기 시작한 건가?'라는 생각이 들었다.

"이 남자, 알고 있나?"

던져진 한 장의 사진은 내 책상 위에 떨어졌다. 현상이 잘못되었는지 윤곽이 흐린, 누렇게 변색된 한 청년의 사진이다. 그는 고개를 약간 갸우뚱한 채, 테두리 없는 안경 속에서 어둡고 작은 눈을 크게 뜨고 두려운 듯한 표정으로 이쪽을 쳐다보고 있었다……

나는 아, 하고 소리쳤다.

"본 적 있나?"

"있습니다."

라고 나는 답했다.

"신학생이었죠."

"이름이 쟈크 몽쥬라고 하지 않던가?"

"그렇게 말하더군요."

"역시, 그렇군."

"무슨 이유로 체포되었죠?"

"녀석 말인가? 제6구의 레지스탕트 연락원 역할을 하고 있었어. 가톨릭 신부들이 얼마나 교활한지, 녀석들은 미사를 바치면서 내란 활동을 하고 있으니 말이야."

"심문할 겁니까?"

그날 오후, 중위는 나를 사이드카에 태웠다. 모든 것이 평상시와 마찬가지였다. 리옹 특유의 누런 안개는 폼 드 테르를 이미 감싸고 있었다. 이 조용한 언덕길을 걷고 있는 프랑스인은 한 사람도 없다. '쟈크, 정말 네가 레지스탕트 일당이었니?'라고 마음속으로 말을 건네고는 이내 묵살했다. '아니지. 너는 그런 짓을 할만 해. 너라면 그렇게 하는 것이 당연했을지도 모르지.'

나는 3년 전의 여름, 창으로 햇살이 쏟아지는 교실에서 "그것은 육욕 가운데서 가장 추한 짓이야"라고 소리친 그 남자의 땀에 젖은 얼굴을 떠올려보았다.

사이드카에서 내린 중위는 삐걱거리는 가죽구두 소리를 내면서 으스스한 바람 속을 묵묵히 앞서 걸었다. 셔터문이 내려진 창들은 희생자들의 비명소리가 외부로 새나가지 않도록 굳게 닫혀 있다. 차가운 겨울 날씨로 말라 버린 숲 속의 나무들이 한기로 갈라지는 건조하고 날카로운 소리가 등 뒤에서 들려왔다…….

늘 그렇듯이 주방 출입구에는 철모를 뒤집어쓰고, 두터운 외투 위로 권총 지갑을 어깨에서 늘어뜨린 병사가 대기하고 있었다. 알렉산델이 콜록거리면서 주방 안을 돌아다니고 있었고, 쟈크는 구석의 벽에 기대어 있었다.

"불었나?"

라고 중위가 물었다.

알렉산델은 어깨를 움츠렸다.

바람이 주방의 유리창을 띄엄띄엄 울리고 있다. 나는 눈을 감고, 잿빛을 띠고 지나가는 바람의 모습을 떠올린다. 나로서는 이미 몇 천 년 동안, 또한 몇 천 년 후에도 바람은 이처럼 불어대고, 창유리를 가끔씩 울릴 것 같은 생각이 들었다. 그리고 이 주방이 언젠가 흔적도 없이 타 버리는 날이 오더라도 내가 쟈크를 고문하는 모습은 바람처럼 남는다. 중위, 알렉산델, 캬반느는 죽어도, 다음의 녀석들이 다시 태어난다. 쟈크는 이 불변의 인간의 모습이 언젠가는 없어질 거라고 믿고 있다. 그러나 나는 믿지 않는다. 나는 이런 인간을 바꿀 수 없을 거라고 생각하고, 그 인간을 경멸하고 있다.

삐걱거리는 주방의 문을 열고 들어간 나는 해가 기울어져서 어둑어둑한 가운데 그곳만이 박처럼 부풀어 올라 있는 천 조각을 보았다. 하얀 천 조각은 찢겨나간 피부처럼 그의 검은 수도복 차림의 가슴 부분 아래로 늘어뜨려져 있다. 뺨에서 턱에 이르기까지 쟈크의 얼굴은 검붉게 빛나고 있었다. 안경을 빼앗긴데다가 갑자기 밝은 곳에서 어둠 속으로 끌려 들어와서인지, 그는 정면에 있는 나를 알아보지 못한다. 그 눈에는 아무런 감정도 없었다.

다만, 3년 전과 마찬가지로 머리가 벗어지거나 붉은 머리카락이 빈약하게 남아 있지 않았다면, 나는 그를 다른 사람으로 생각했을지도 모른다. 그는 마룻바닥에 쭈그리고 앉아 고개를 숙이고 있었다.

저녁 바람이 아직 불고 있다. 조금 전까지 개수대의 유리창으로 근근이 흘러 들어오고 있던 엷은 햇살은 이제 사라져 버렸다. 나는 짙은 그늘에 앉아서, 바닥에 드러누워 있는 쟈크를 쳐다보고 있었다. 조용했다. 중위, 알렉산델, 캬반느는 한숨을 돌리기 위해서 본채 어딘가로 커피를 마시러 갔다.

"밤새 걸리겠군, 이놈은."

나가면서 알렉산델은 그렇게 말했다.

고문 중에 쟈크는 거의 신음소리를 내지 않았다. 나는 처음에는 캬반느가, 이어서 알렉산델이 매질하는 것을 보면서, 쟈크는 필시 견디어낼 것이라고 생각했다. 그의 육체를 파고드는 단단하고 무딘 소리를 들으면서, 얼마나 견디어낼지 기다렸다. 이상하게도 나는 한편으로 쟈크가 절규하기를 기다리면서, 다른 한편으로는 '참아, 참아'라며 마음속으로 빌고 있었다. 하지만 만일 그가 고문에 굴하여 중위가 잠긴 목소리로 감미롭고 부드럽게 추궁하는 대로 리옹 제6구의 다른 연락원의 이름을 댄다면 승리는 내 것이다. 역시 인간은 믿을 수 없다. 역시 인간은 자신의 육체의 고통 앞에서는 모든 인류에 대한 우정, 신의를 배신하는 약하고 여린 존재이다.

창 밖에서는 또 다시 겨울을 맞은 마른 나무가 차갑고 날카로운 소리를 내며 갈라지고 있다. 3년 전, 그 교실에서 마리 테레즈 옆에 앉아 있었던 그, 수업 시작 전 노트를 가리키며 뭔가를 설명해 주고 있는 그, 그와 함께 그 교실에서 함께 앉아 있던 여러 학생들, 젊고 밝은 웃음소리, 가령 모니크의 미소가 일시에 되살아난다.

마룻바닥에 누운 쟈크는 사지에 경련을 일으키고 있었다. 나는 개수대의 반합에 물을 넣어 조금씩 그의 얼굴에 떨어뜨려 주었다.

수도복에서 비어져 나온 속옷에서 피가 흘러나온다.

"쟈크"

나는 작은 소리로 낮게 그를 불렀다. 그는 도려내진 듯이 움푹 들어간 눈을 떴다. 벗어진 이마와 머리는 기름을 부은 듯이 번들거리고 있었다.

"쟈크, 나야."

그는 가까스로 입술을 떨었다. 무슨 말을 하는지는 알 수가 없다. 혀가, 살아 있는 동물처럼 코와 턱에 남아 있는 물방울을 찾아 움직였다.

나는 그의 입에 반합을 대어 주었다.

"날 기억하나?"

희미하게 그는 끄덕였다.

"기억하겠어?"

나는 그의 옆에 웅크리고 앉았다.

나는 엉겨 붙은 피를 닦아 주고, 반합의 물을 다시 입에 대어 주었다. 쟈크는 공허한 눈으로 나의 동작 하나하나를 지켜보며, 내가 하는 대로 내버려두었다.

"날 기억하겠어?"

라고 나는 다시 물었다.

그는 어깨를 헐떡이며 중얼거렸다. 무슨 말을 하는지 알 수 없었다.

"뭐라고?"

그의 입에 귀를 갖다 댄 나는 그가 중얼거리는 말을 알아들을 수 있었다.

"그래? 내가 있어서라고? 네가 고문을 견뎌 낸 것은 내가 있었기 때문이었구나."

나는 소리를 낮추어 빈정거렸다. 나는 그런 심리를 미처 계산하지 못하고 있었다. 그래, 그럴지도 모르지.

"담배, 피울 텐가?"

나는 주머니에서 배급 나온 검은 고로와즈 두 개피를 꺼내어, 그중 하나를 그에게 주었다.

"자네, 내가 그렇게도 밉나?"

"밉지 않아."

벌레 소리처럼 들릴 듯 말 듯한 목소리로 그는 답했다.

"미워하지 않는데, 왜 항독 운동에 참가했지?"

"그리스도교 신자는 증오 때문에 싸우지 않아…… 정의……"

나는 비웃었다. 정의 때문이라고? 쟈크는 또 다시 그 교실에서 내게 설교하고 바닥에 무릎 꿇고 기도하던 모습을 취하기 시작했다.

창 밖에선 또 다시 나뭇가지가 부러지는 소리가 난다. 나는 조금 전의 얼어붙은 눈을 밟으며 내 앞을 걷던 중위의 가죽구두 소리를 떠올렸다. (그렇다. 쟈크는 알렉산델과 캬반느가 아니라 내가 고문해야 한다) 빨리 처리해야 한다. 그들이 돌아오기 전에 이야기를 끝내지 않으면 안 된다.

"자네, 여기서……"

담배를 든 그의 오른손이 희미하게 떨고 있었다.

"나? 난, A·S나 F·F·I에 참가한 리옹 대학의 학생을 수사하는 일을 하고 있지. 나치는 목적 달성을 위해 어떤 수단이든 쓰니까. 프랑스인인 내가 리옹 대학 학생이었던 경력이 있는 한, 그런대로 밥은 먹여주지."

쟈크는 작고 어두운 눈으로 나를 쳐다보았다. 그리고는

"자네야말로 나를 미워하고 있었군."

이라고 말했다.

"그래. 나는 널 미워하고 있어. 이미 대학 시절부터 알고 있었겠지만."

"왜? 왜, 내가."

라며 그는 중얼거렸다.

"내가 미운거지?"

"네가 현대의 영웅이 되고 싶어 하기 때문이지."

나는 담배에 천천히 불을 붙이고 생각에 잠겼다.

"네가 우리의 고문을 받고도 입을 열지 않는다고 한다면 말이지, 그건 영웅주의에 대한 동경, 자기희생의 도취에 의한 것이 아닐까? 도취한다, 공포를 극복하기 위해 뭔가에 도취한다, 죽음을 초월하기 위해 주의主義에 도취한다. 레지스탕트도, 너 같은 그리스도교인도 마찬가지야. 인류의 죄를 짊어진다, 자신이, 자신 한 사람이 프롤레타리아를 위해서 목숨을 희생한다는 눈물겨운 희생정신이 너를 도취시키고 있는 게 아닐까? 나치의 협력자, 배신자인 내가 너의 육체를 아무리 농락하더라도 너는 유다처럼 네 혼을 팔지 않겠다고 생각하고 있을 테지. 그렇게 믿고 있겠지. 하지만 뜻대로 되지는 않을 거야."

서서히 어두움이 다가왔다. 그것은 파도처럼 개수대의 창유리를 적시기 시작했다. 이제 아무 말 없는 쟈크의 얼굴의 희미한 윤곽 밖에 보이지 않았다. 그러나 보이지 않더라도 그 표정은 알 수 있었다.

"나는 학생 시절부터 네가 영웅이 되려고, 희생자가 되려고 한다는 것을 알고 있었어. 때문에 나는 너의 그 영웅심과 희생심을 제거하겠다고 줄곧 생각해 왔지. 나는 드디어 그것을 깨달았던 거야. 너만이 아냐. 나는 그와 같은 도취와 신앙을 지닌 자가 미워. 그들이 거짓말을 하기 때문이지. 타인에게 뿐만 아니라 자신에게도 거짓말을 하기 때문이지.

쟈크, 나치즘은 정치야. 정치는 인간의 영웅심과 희생을 박탈할 방법을 잘 알고 있지. 희생도 자존심이 없으면 존재하지 못해. 하지만 이 감정은 간단히 제거할 수 있어.

너, 폴란드의 나치 수용소의 이야기를 들었겠지? 처음에는 그런 도취에 빠진 투사가 많이 있었던 것 같더군. 그들은 너와 마찬가지로 혼자서 처형되기를 기다리고 있었던 듯했어. 거기에는 영웅의 고독, 영웅의 죽음이라는 낯간지러운 희열이 있기 때문이지. 그런데 말이야. 히틀러는 그것을 잘 간파하고 있었어. 그들을 무명無名인 채로 집단으로 처형했지. 히틀러는 그런 문학적이고 감상적인 죽음을 그들에게 허락하지 않았던 거야.”

나는 일어서서 주방 벽을 더듬어 스위치를 올렸다. 60촉광의 전구 아래로 비로소 쟈크의 얼굴이 뚜렷이 드러났다. 그 얼굴에는 전혀 그림자가 없었다. 그림자가 없는 얼굴에는 어떤 마음의 동요도 드러나지 않는다. 그 얼굴은 납작하게 움푹 패고, 가면과 비슷하게 증오도 고통도 없었다.

그 가면에서 격렬한 분노를 느꼈다. 그 얼굴을 뒤흔들고 일그러뜨리고 싶었다. 나의 눈길은 저절로 마룻바닥에 나뒹굴고 있는 알렉산델의 호스로 향했다.

“알겠나? 문학적, 개인적인 죽음 같은 것은 19세기까지의 피고의 특권이야. 순교자, 르네상스의 반항자, 혁명시대의 귀족계급, 그들은 죽을 때까지도 이런 특권을 누리고 있었지.

하지만 오늘날은 그렇게는 안 되지. 어쨌든 20세기이기 때문이야. 모든 게 집단인 20세기인 때문이지. 개인, 개인의 영웅적인 죽음, 문학적인 죽음을 너 같은 자들에게 허용해 줄 여유 따위는 없어."

"하지만 너도"

쟈크는 돌연 오그라든 목소리로 외쳤다.

"너도 악에 도취돼 있잖아? 믿고 있잖아?"

"악은 변하지 않거든."

쟈크의 손은 찢어진 수도복 사이를 만지작거리고 있었다.

"바뀌지 않아!"

라고 나는 큰소리로 외쳤다. 나는 가늘고 하얀 그의 손가락 사이에서 은빛의 금속이 번쩍이는 것을 보았다. 그것은 십자가였다. 수도복 안쪽 허리띠에 찬 묵주 끝에 달린 십자가였다.

"네가 고문을 견뎠던 것은 내가 있어서가 아니라 이 십자가를 쥐고 있었기 때문이로군."

나는 몸이 떨리는 것을 느꼈다.

"십자가 이리 내."

"안 돼!"

라고 소리쳤다. 그는 피와 땀투성이로 엉망이 된 얼굴을 이쪽으로 돌렸다.

"십자가가 너에게 도취를 가르치고 있어."

나는 손바닥으로 때렸다. 쟈크는 십자가를 꼭 쥐면서, 왼손으로 얼굴을 가리며 막았다. 나는 호스를 휘둘러 내리쳤다. 그것이 그의 육체에 부딪칠 때, 나의 손바닥은 타는 듯한 열기를 느꼈다. 태양은 아덴의 하늘에서 강렬하게 불타고 있었다. 시든 갈색의 수풀 저쪽에서 바위는 짙은 그늘을 떨구고 있었다. 나는 소년을, 쟈크를 그곳으로 밀어 넘어뜨렸다. 내가 짓밟고, 때리고, 저주하고, 복수하고 있는 것은 그 소년, 이 쟈크만은 아니었다. 그것은 모든 인간, 환영을 품고 태어나 환영을 품고 죽는 인간들에 대한 것이었다. 그는 마룻바닥 위를 나비 유충처럼 나뒹굴었다. 나뒹굴 때마다 속옷이 찢어졌다.

"악마!"

하고 그는 소리쳤다.

"악마!"

녀석의 하얀 피부는 나의 정욕을 부추겼다.

"이제 됐어. 다음은 우리가 하지."

뒤를 돌아보니 출입구에 중위, 알렉산델, 캬반느가 서 있었다.

"중위님!"

하고 나는 호스를 내던지며 소리쳤다.

"이 녀석의 입을 열게 해 볼까요?"

그는 의심스럽다는 듯이 나를 쳐다보았다.

"마리 테레즈라는 여학생이 있습니다. 이 녀석 앞에서 그녀를 심문하는 겁니다."

이날 밤 나는 또 다시 유다를 이용했다.

9

내가 침대 가에 걸터앉아 있는 동안 마리 테레즈는 쫓기는 짐승처럼 뒷걸음질친다.

그녀의 손가락은 문손잡이를 만지작거리면서 기묘하게 '딸깍, 딸깍' 하고 딱딱한 소리를 냈다. 손잡이는 헛돌았을 뿐이다.

그녀는 주근깨투성이의 뺨을 구겨가며 울기 시작했다. 6살이나 7살짜리의 티 없는 여자아이의 울음소리와 똑같다.

그녀의 몸을 감싼 검은 케이프가 재가 꺼지듯 바닥에 떨어졌다. 그 비로도 케이프는 본 적이 있다. 2년 전 그 무도회의 밤, 그녀는 이 검은색의 케이프를 몸에 두르고, 쟈크 대신에 나를 선택했던 것이다. 하지만 오늘 밤 그녀는 목숨을 부지하기 위해서 다시 쟈크를 배신하지 않으면 안 된다.

나는 귀를 기울였지만, 옆 주방으로부터는 기침소리 하나 들리지 않는다. 녀석이 기절한 것일까? 만일 이번에 입을 열지 않으면 알렉산델은 나에게 신호를 보내기로 되어 있다. 그리고 나는 그때……

밤이 왔다. 등불을 켰다. 파리 한 마리가 방 안을 날아다니고 있다. 이 방에는 전 집주인의 취향인 듯한 바로크풍의 샹들리에가 늘어져 있었다. 불빛이 매트리스만 깔린 침대와, 손때가 묻어 가장자리가 더러워진 의자의 긴 그림자를 마룻바닥에 드리웠다. 벽에는 18세기의 복장을 한 남녀들이 장난치는, 오래된 리옹의 풍경화 몇 점이 걸려 있다. 나치들은 이 방을 손대지 않고 그대로 놓아두었다. 2년 전 이곳은 손님방이거나 딸들의 침실이었을 것이다.

마리 테레즈는 안쪽 구석에서 어깨를 떨며 흐느껴 울고 있었다.

"정말, 어떻게 좀 안 되겠니? 진짜 난처하군. 너, 돌아가고 싶잖아. 쟈크가 다 털어놓으면, 너도 그도 무사하게 끝나겠는데 말이야."

그런 식으로 혼잣말을 하면서 나는 시간을 끌었다. 그녀의 울음소리와 방 안을 날아다니는 파리의 날개 소리가 끊임없이 계속 들려온다.

2년 전의 그 무도회 밤, 내가 계산하고 연출한 희곡은 대단원에 이르고 있다. 섭리라는 말이 있다. 인간이 예측하지 못한 운명에 대한 그리스도교의 사고방식이다. 내가 나치의 고문자의 일원이 되고, 그 고문 장소에 쟈크와 마리 테레즈가 휘말려든 것은 내가 생각했던 것은 아니다. 분명히 말하면, 나는 그 성 베르나르 성당에서 그들이 기도하는 것을 목격한 저녁부터 이 두 사람의 운명과는 결별했다고 생각했다. 그들을 떨쳐 버렸다고 생각했다. 그렇지만 그들은 다시 내 운명 속으로 날아 들어온 것이다. 내 의지를 벗어나 누가 그랬는지는 모른다.

　나는 손가락을 깨물면서 쟈크와 마리 테레즈 그리고 나라는 인간이 서로가 서로에게 연결되는 삼각형으로 서서히 수축되어 가는 것을 느꼈다. 마리 테레즈가 무사하게 이 방에서 나가기 위해서 쟈크는 동지를 배신하지 않으면 안 된다. 리옹 제6구의 연락원의 이름과 주소를 대야 한다. 그때 그가 배신하는 것은 동지뿐만은 아니다. 그가 허리에 늘어뜨린 은빛의 십자가, 그 십자가를 배신하는 것이다.

　그런데 주근깨투성이의 얼굴을 일그러뜨리며 울고 있는 이 여자는 나와 어떤 관련이 있는 걸까? 쟈크가 배신하지 않으면 알렉산델과 캬반느는 그녀를 능욕할 것이다. 쟈크도 능욕이라는 행위가, 가령 강요된 것이라 할지라도, 젊은 처녀에게 결정적이라는 정도는 알고 있을 것이다. 결국 오늘 밤 두 사람은 서로 배신하든가, 배신당하든가, 하는 처지에 놓여 있다. 그리고 내가 쟈크, 아니 쟈크뿐만이 아니라 그리스도교인에게, 혁명가에게, 마드니에에게, 쥬르로망에게 이길 것인지, 질 것인지가 판명될 것이다. 하지만 이처럼 핀셋으로 실험대에 놓인 인형처럼 우리 세 사람에게 내기를 강요한 것은 내가 아니다. 결코 나는 아니다. 내가 아니라고 한다면, 그것은······.

이윽고 샹들리에 주위를 돌고 있던 파리가 벽난로 위의 벽에 앉았다. 그러자 순식간에 정적이 이 방에 찾아왔다. 파리는 날개를 접은 채 앞다리를 길게 모으고 비벼댄다. 그 우스꽝스러운 몸짓을 나는 손가락을 깨물면서 바라보았다.

파리는 다시 날아올랐다. 그러나 이번에는 샹들리에 쪽이 아니라 샹들리에의 영상이 반사되고 있는 유리창에 몸을 부딪고, 화가 난 듯이 이리저리 날았다.

돌연 나는 그 유리창에서 조금 전 쟈크의 은빛 나는 십자가를, 그 환영을 본 듯한 느낌이 들었다. 내가 그린 삼각형에 왠지 헤아리기 힘든 점 하나가 있는 듯했다. 불현듯 나는 불안에 휘말려 마리 테레즈를 돌아보았다.

하지만 그녀는 울음을 멈추고 문 아래에 쓰러져 있었다. 바닥에는 무릎부터 드러난 양다리가 거의 평행을 이루며 마룻바닥에 널브러져 있었다.

나는 지금까지 이 처녀의 야윈, 주근깨투성이의 얼굴 밖에 알지 못했다. 그녀가 이처럼 어린 사슴같이 쭉 뻗은 다리를 갖고 있다고는 생각해 본 적이 없었다. 그뿐 아니라 걷어 올려진 스커트와 잿빛의 양말 사이로 눈에 배어들 만큼 새하얀 허벅지가 선명하게 드러나 있었다.

나는 침을 삼켰다. 그 등나무 꽃이 떨어지는 크로와 르츠의 언덕길에서 늙은 개의 목을 짓눌렀던 이본느의 허벅지도 이처럼 하얗지는 않았다. 드러나 있는 그녀의 허벅지 일부분은 아침에 방금 입을 댄 우유처럼 새하얗고, 수줍은 듯했다.

나는 자신의 거친 숨결을 들었다. 나를 부추긴 것은 단지 정욕만은 아니다. 다만 나로서는 이 주근깨투성이의 여자가, 비록 육체이긴 하지만, 이처럼 새하얀 곳을 지니고 있다는 것에 강렬한 질투심을 느꼈다. 확실히 그것은 내가 태어나 지니지 못했던 것, 신神에게 빼앗긴 것이었다. 날개를 펼친 박쥐처럼 생긴 나의 그림자가 벽난로에서 출입구로 다가갔다. 그때 주방에서 소리가 났다.

그것은 폐병환자인 알렉산델의 헛기침 소리였다. 목구멍에 걸린 담을 내뱉기 위해 그는 쥐어짜는 듯한 소리를 냈다.

　　"끈질기군, 신부님."

　　이어서 옆방에 있는 우리들이 알아들을 수 없는, 소곤거리는 소리가 들려왔다. 나는 마리 테레즈의 어깨에 손을 얹은 채 가만히 있었다. 파리는 다시 창유리에 부딪고는 성난 듯한 소리를 내기 시작했다.

　　"네가 소리치면"

하고 나는 낮은 소리로 말했다.

　　"쟈크는 배신할 거야. 배신하게 하고 싶지 않으면."

　　나는 그녀의 긴장하고 있는 무릎에 손을 댔다.

　　아직 알렉산델이 뭔가를 중얼거리고 있었다. 나의 손가락은 벌레처럼 마리 테레즈의 무릎 위를 기어다녔다.

　　옆방에서 한숨이라고도 신음이라고도 할 수 없는 목소리가 새어나왔다. 우는 소리였다. 한 시간에 걸친, 조금 전의 고문에도 소리 하나 내지 않던 녀석이 지금 울기 시작했다. 저 남자, 울고 있군. 저 남자가, 쟈크가, 다른 사람들처럼 마침내 육체의 고통에 굴복하여, 거의 아이와 같은 목소리로 비명을 지르고 있군, 하고 나는 멍하니 생각했다.

리드미컬하고 딱딱한 소리가 정확하게 울음소리 중간 중간에 가해지자, 그때마다 비명소리는 높아졌다. 그것은 가속도가 붙은 눈사태와 비슷했다. 쟈크가 무너져간다. 무너져간다.

이제 여자는 나를 막으려 하지 않는다. 그녀의 눈은 경련을 일으킨 듯 부릅뜬 채이다. 그 무릎만이 격렬하게 떨었다.

여자의 귓가에 대고 나는 뭐라고 속삭였다. '별거 아냐, 소리치지 마'라고 했는지도 모른다. 기억이 없다. 헛소리를 하듯 계속 속삭였다. 그녀는 혼이 빠져나간 인형처럼 나의 얼굴을 응시하고 있었다. 나의 목소리를 듣고 있는지, 어떤지도 알 수 없었다.

기억하고 있는 것은, 그때 그녀가 기력이 빠진 병자처럼 일어섰던 일이다.

"용서해 주세요. 용서해 주세요."

주방에서 쟈크가 아이처럼 홀쩍이며 우는 소리가 들려왔다.

"용서해 주세요. 제발 그녀를 풀어 주세요."

목소리는 끊어지고, 아무 소리도 들리지 않았다.

"기절했을 거야."

중위의 나른한 목소리가 났다.

"물을 뿌려 봐. 이번에는 입을 열겠지."

돌연, 마리 테레즈는 양손으로 블라우스의 단추를 풀기 시작했다. 처음에 나로서는 그 의미를 이해할 수 없었다. 그녀는 고통스러운 듯이 양미간을 찌푸린 채 가슴을 활짝 풀어헤쳤다. 그리고는 돌연 그곳을 양손으로 가리려고 했다.

"때리지 마요. 때리지 마요."

라고 그녀는 백치처럼 입술만을 움직였다.

"뭐? 뭐라고?"

라며 나는 귀를 내밀었다. 돌연, 모든 의미를 알 수 있었다. 내가 상상하고 있던 희곡戲曲, 내가 연출하는 연극은 한층 비장하고 한층 비극적인 것이었다. 그러나 이 여자마저 물랑루주적인 희극喜劇 여배우가 되고 싶어 했다. 성녀가 되고 싶어 했다.

나는 떨리는 손으로 블라우스의 가슴 부위를 잡아당겨 거칠게 찢었다. 가슴을 가린 엷은 레이스의 속옷도 찢었다. 3년 전, 햇살이 쏟아지는 법과 교실에서 나는 지금과는 다른 기분으로, 그러나 본질적으로는 같은 충동에서 거품처럼 부드러운 속옷을 찢었다. 그때 나는 왜 그렇게 했는지, 자신조차 이해할 수 없었다. 그러나 지금 나는 자신의 손에서 블라우스와 속옷이 찢어지는 날카로운 소리를 들으면서, 눈 아래에서 괴로운 듯 이를 악물며 견디고 있는 그녀의 얼굴을 내려다보면서, 비로소 처녀 강간의 의의意義, 의의라는 말이 이상하다면, 그 사명을 이해했다.

…… 늪 바닥으로부터 뜨거운 열기가 솟아 올라오고…… '나는, 범한다, 나는 범한다.'
라며 나는 신음했다. ……이를 악문 나의 눈 아래에 이미 마리 테레즈는 존재하지 않았다. 내가 지금 능욕하고, 더럽히는 것은 모든 처녀, 그 처녀의 순결함, 깨끗함의 환영이었다. 남성은 순결의 환영을 파괴하기 위해 존재하는 것이다. 순결의 환영 가운데는 쟈크의 십자가가 감춰져 있었다. 그리스도교인, 혁명가, 마드니에 같은 인간이 미래에, 역사에 대해 품는 우둔한 몽상, 도취가 감춰져 있었다.

……나는 나뭇조각처럼 파도에 밀려 물 밑으로 빨려 들어갔다.

죽어 있었다. 몇 세기나 죽어 있었다. 방의 파리는 윙윙거리면서 전등 주위를 날아다니고 있었다.

"기절했나?"

"기절한 척하는 거겠지요."

소곤소곤 주고받는 중위와 알렉산델의 목소리가 벽을 통해서 다시 들려왔다.

여자는 하얀 한쪽 팔로 눈을 가리고, 나의 눈 아래에 누워 있다. 내가 그 시체 같은 육체에 다시 옷을 입히고 있는 동안, 그녀는 인형처럼 내가 하는 대로 내맡겼다.

"죽었나?"

"죽었습니다."

분주히 뛰는 소리, 반합에 물을 붓는 날카로운 소리에 섞이어,

"혀를 깨물어 버렸어."

라고 외치는 알렉산델의 목소리가 들렸다. 나는 벽으로 달려가 귀를 댔다. 그들이 쟈크의 몸을 흔들고, 뒤집는 몸짓도 손에 잡힐 듯 들려왔다.

그래? 혀를 깨물었어? 나는 벽에 머리를 댔다. 단단하고 묵직한 소리가 머릿속에서 나는 것을 듣고 있었다. 나도 모르게 그 머리를 몇 차례나 벽에 부딪치면서 박자를 맞추고 있었다. 비애라고도 적막이라고도 할 수 없는 것이 가슴을 조여 오기 시작했다. 옛날 호텔 라모에서 마리 테레즈를 굴복시킨 순간, 나는 이와 같은 슬픔을 맛보았다. 슬픔이라기보다는 극심한 피로와 비슷했다. 채워야 할 공간을 채운 다음, 이제 무엇을 해야 좋을지 나는 알 수 없었다. 어머니를 잃었을 때, 나는 결코 이런 감정을 맛보지 않았다. 마치 내가 쟈크를 오랫동안 사랑해 오고, 그 사랑에 배신당하고, 잃은 듯한 기분이었다.

그래? 혀를 깨물었어? 정말 나는 그러리라고는 예상하지 못했었다. 가톨릭 신자에게 있어 자살은 절대로 허용되지 않는 대죄이기 때문이다.

'넌, 신학생이잖아? 그런데도 너는 영원한 형벌을 받을 자살을 선택한 것이다.'

비애에 찬 잿빛 바다 위에서 조용한 분노가 서서히 날뛰기 시작했다.

'의미가 없어. 의미가 없어.'

라고 나는 중얼거렸다.

'너는 자살함으로써 나한테서 도망칠 생각이었겠지. 동지를 배신해야 하는 운명과 마리 테레즈의 생사를 좌우할 운명으로부터 벗어날 생각이었겠지. 나치도, 나도, 더 이상 너 때문에 마리 테레즈를 이용할 수는 없다. 하지만 그런 건 이제 무의미하다. 너는 나를 지울 수 없어. 나는 지금도 이곳에 존재하고 있어. 내가 만일 악 그 자체라고 한다면 너의 자살에 상관없이 악은 계속 존재한다. 나를 파괴하지 않는 한, 너의 죽음은 의미가 없어. 의미가 없어.'

마리 테레즈는 한쪽 팔을 얼굴에 댄 채 꼼짝도 하지 않았다. 그녀가 지금 주방에서 나는 소리, 외치는 소리를 들었는지, 못 들었는지는 알 수 없다. 단지 나는 그녀의 팔 사이로 투명한 눈물이 조금씩 조금씩 흐르는 것을 보았다.

'의미가 없어. 의미가 없어.'

"쟈크는 죽었어."

나는 오빠처럼 부드러운 목소리로 알렸다. 그녀의 입술
은 떨면서 뭔가 이야기하려고 했다.

"뭐, 뭐라고?"

귀를 그 입가에 대었지만, 그 소리를 알아들을 수 없었
다. 헛소리 같은, 그러나 헛소리가 아닌 기묘한 선율을 섞
으면서 이 여자는 노래를 부르고 있었다.

나는 매우, 매우 지쳐 있었다. 육체의 피로만은 아닌 듯
했다. 이제 아무것도 나를 감동시키지 못했다.

장미꽃은, 피었을 때
따지 않으면
시들고, 색이 바랜다

노래는 어딘가에서 들은 적이 있었다. 그래, 그것은 리
옹 대학의 입학식 날이었지. 그러나 그것도 이젠 아무 의
미가 없다.

'미쳤구나. 마리 테레즈는 미쳤어.'

나는 그녀의 노랫소리를 들으면서 생각했다. 하지만 그
것에도 무감동했다.

귓속 깊은 곳에서 문을 여닫는 소리가 들린다.

"얘야, 얘야."

그것은 임종의 순간 나를 부르던 어머니의 목소리다.

"악마!"

호텔 라모의 홀에서 쟈크는 한쪽 손을 치켜들고 소리쳤다.

"오른쪽을 보란 말이야. 오른쪽을!"

나는 일어나서, 조금 전의 그 파리가 어리석게도 탈출구를 찾아 머리를 부딪치며, 바깥 세상에 대한 환영을 품고 이리저리 날아오르던 창으로 다가갔다. 어둠 속에서 리옹은 불타고 있었다. 베르크르 광장도, 페라슈 역도, 레퓨브릭 거리도, 이본느가 늙은 개의 목을 하얀 허벅지로 짓누르던 크로와 르츠의 언덕길도 새빨갛게 타올랐고, 그 불은 이 거리의 밤하늘을 끝없이 태우고 있었다.

신들의 아이

황색인黄色い人

하느님은 우주에 홀로 계시는 것이 너무 적적하여 인간을 만들 생각을 하셨습니다. 그래서 자신의 모습을 본 따 빵가루를 반죽하여 인간을 만들어 가마에 넣고 구우셨습니다.

이제나저제나 빵이 구워지기를 기다리다가 5분도 채 안되어 가마를 여셨습니다. 물론, 만들어진 것은 덜 구워진 새하얀 인간입니다.

"어쩔 수 없군. 이것을 백인이라고 하자."

라고 하느님은 중얼거리셨습니다.

이번에는 실패하지 않도록 충분히 시간을 두기로 하셨습니다. 잠깐 꾸벅꾸벅 졸고 있는 사이에 타는 냄새가 났습니다. 당황하여 뚜껑을 열어보니 새까맣게 탄 인간이 만들어진 것이 아니겠습니까!

"아뿔싸. 이것은 흑인이라고 하자."

마지막으로 하느님은 적당히 구워진 상태에서 가마를 여셨습니다. 노랗게 구워진 인간이 만들어졌습니다.

"만사, 중용中庸이 좋군."

하느님은 고개를 끄덕이셨습니다.

"이것을 황색인이라고 부르자."(동화에서 인용)

나는 네가 한 일을 잘 알고 있다. 너는 차지도 않고 뜨겁지도 않다. 차라리 네가 차든지, 아니면 뜨겁든지 하다면 얼마나 좋겠느냐! 그러나 너는 이렇게 뜨겁지도, 차지도 않고 미지근하기만 하니 나는 너를 입에서 뱉어 버리겠다.(묵시록)

1

황혼, B29는 기이한토紀伊半島를 빠져나가 바다로 사라졌습니다. 무서울 정도로 조용합니다. 2시간 전의 그 폭격으로 인한 아비규환의 지옥과 같은 광경도 마치 거짓말처럼 조용합니다. 가와니시川西 공장을 삼켜 버린 거무칙칙한 불길도 꺼졌으나, 뭔가가 폭발했는지 둔한 작열음이 갈라진 창틈으로 희미하게 전해져 옵니다. 이토코系子는 죽은 듯이 침대에서 잠들어 있습니다. 정말 잠들었는지 어떤지 알 수 없습니다. 붉은 비단 실 같은 피가 그녀의 볼에서 흘러내려 입술을 적시고 있습니다. 하지만 그것을 닦아주고 싶은 마음이 없습니다. 설사 그녀가 죽어 있다 하더라도 나와는 상관없다는 생각마저 듭니다.

신부님, 타다 남은 초 아래에서 쓰고 있는 이 편지가 다카츠키高槻 수용소에 있는 당신의 손에 전해질지 어떨지 알 수 없지만, 일단 알려 드립니다. 듀랑 신부는 죽었습니다. 죽기 전에 그는 동봉한 자신의 일기를 당신에게 보내달라고 내게 부탁했습니다.

듀랑 신부의 죽음을 알았을 때, 이미 무감각해진 내 마음에는 어떤 놀라움도 두려움도 없었습니다. 현재로서는 멀리서 부는 겨울바람 소리를 듣고 있듯, 아주 오래 전부터 그의 죽음은 정해져 있었다는 생각이 듭니다. 수많은 사람들이 죽어 가고 있는 지금, 나에게는 사람들의 죽음이 지극히 당연하게 여겨집니다. 그리고 뒤랑 신부가 맡긴 이 일기를 읽어봐도 단지 '아, 그랬었구나! 그러나 나와는 상관없는 일이야'라고 느껴질 뿐입니다. 아니, 상관없다고 하면 틀린 말일지도 모르겠습니다. 그 일기 대부분은 당신과 나에 관한 이야기가 쓰여 있으니까요. 하지만 황색 피부를 가진 나는 그 내용을 마치 먼 나라의 사건처럼 생각하며 읽었습니다. 우리 황색인의 세계가 그 신부에게 그토록 초조함과 선망을 불러일으키리라고는 예상치 못했습니다. 그렇지만 자신의 피부색을 알았다 하더라도, 나는 아무런 책임도 만족도 느끼지 못합니다.

뒤랑 신부나 당신들 백인은 인생의 비극과 희극을 만들 수 있습니다. 하지만 나에게는 극劇이란 존재하지 않습니다. 이러한 자각은 최근에 깨닫게 된 것이 아니라, 어린 시절, 당신을 속이던 유년 시절부터 이미 그랬었습니다.

신부님, 이전의 당신은 나를 아무것도 모르는 순진한 소년이라고 믿고 있었습니다. 일요일 아침마다 당신이 바치는 미사에서

"또한 사제와 함께"

라고 큰소리로 응답하고, 그리고 성당의 작은 고백실에서

말을 더듬거리며 죄를 고백하던 그즈음의 나를 떠올려 보십시오. 죄가 뭔지도 나는 알지 못했습니다. 알지 못했다기보다는 죄의 감각이 내게는 없었던 듯합니다. 다만 신자의 의무로 고백을 하지 않으면 안 되었기 때문에, 공부를 게을리 한 일이나, 학교에서 야한 이야기를 친구에게 물어본 일 등을 일부러 지어내어 당신에게 고백하곤 했습니다. 무명천으로 주위의 햇살과 소리를 차단한, 어둡고 좁은 고백실 안에서 당신은 나의 두려움에 떠는 목소리를 들으려고 귀를 가까이 댔습니다.

"미노루, 간단하게 얘기해요. 무슨 잘못을 했지?"

나는 격자 너머로 풍기는 당신 백인의 체취, 버터와 포도주가 뒤섞인 냄새를 맡으면서 스스로의 연기에 피로를 느끼며 한숨을 내쉬었습니다.

지금 이 편지를 쓰면서 나는 그 고백실의 일을 떠올립니다. 간단하게 얘기하라고요? 그 말대로 작년 추웠던 겨울의 일, 뒤랑 신부와 만났던 밤, 당신이 니시미야西宮 경찰서 고등계로 끌려간 아침의 일을 간단하게 이야기하려고 하지만, 3개월도 지나지 않은 그런 추억까지도, 늪에 떨어진 마른 잎이 진흙과 뒤섞여 형체조차 분간할 수 없게 되듯, 기억 하나하나 건져 올리면 형체도 없어지고, 단지 한 조각의 잔해만이 덧없이 손바닥에 남아 있는 그런 느낌을 피할 수 없습니다. 신부님, 결국 인간의 업이라든가 죄라고 하는 것은 당신들의 고백실에서 해결되듯이 그렇게 간단히 매듭짓거나 분류되거나 할 수 있는 것은 아니지 않습니까. 그리고 지금 내가 이 글을 쓰고 있는 이유에 대하여 백인의 사고방식으로 해석해, 죄책감에 사로잡혔다거나, 일종의 허무함에 지쳤다거나, 인간의 비애를 느껴 기도하지 않을 수 없게 되었다는 등으로 받아들이지 말아 주십시오. 거듭 말하지만, 황색인인 나에게는 당신들과 같이 죄의식과 허무 같은 심각하고 대단한 것은 전혀 없습니다. 있는 것이라곤 피로, 극심한 피로뿐. 나의 누런 피부색처럼 축축하고 무겁게 가라앉은 피로뿐입니다.

그 피로가 언제부터 시작되었는지는 모르겠습니다. 먼지가 조금씩 탁자와 책상 위에 뽀얗게 쌓여가듯 나의 눈에도 뿌옇게 막이 덮이기 시작한 지 벌써 3년쯤 된 것 같습니다.

기억하고 계시겠지만, 요츠야四谷의 의학부에 진학한 재작년 여름, 니가와仁川로 돌아와 성당을 찾았을 때, 덮이기 시작한 이 엷은 막을 알아챈 듯 당신은 불안한 눈빛으로 나를 바라보았습니다.

"도쿄에서 미사 안 빠졌겠지요? 과학은 결코 신앙과 모순되지 않아요. 프랑스에서도 의사로 훌륭한 사람이 신자로서도 훌륭……"

당신의 서툰 일본말을 들으면서 나는 아주 희미하게 미소를 지었습니다. 성당의 정원에는 협죽도의 붉은 꽃이 피고, 아이들이 전교사인 아야 씨와 목소리를 맞추어 교리문답을 외우는 소리가 들렸습니다.

"천주天主의 십계명이란 무엇입니까?"

"십계명이란……"

어린 시절, 나는 이 아이들처럼 젊은 프랑스 사제였던 당신에게서 하느님의 존재에 대해 배우고, 십계명을 암기하도록 강요받곤 했습니다. 그때도 협죽도 꽃이 붉게 피어 있었고, 당신이 입고 있던 검은 수단의 로만컬러가 흰색이었다는 것을 지금도 기억하고 있습니다.

"그리스도는 마구간에서 태어나셨습니다. 가난하셨지요."

당신은 다갈색의 물기 어린 눈으로 우리들을 둘러보며 커다란 그림이 있는 성서를 펼쳐보였습니다.

하느님이 당신처럼 금발을 하고 있는, 백인이라는 것을 나는 그때 처음으로 알았습니다.

"하느님은 서양인인가요?"라는 질문에 당신은 성난 듯이 고개를 흔들었습니다.

"하느님은 사람이 아니에요. 인종을 초월한 분입니다."

하지만 신부님, 당신은 잘못 알고 계셨습니다. 분명히 나는 도쿄로 간 후로는 성당에도 미사에도 나가지 않았습니다. 그러나 그것은 결코 당신이 걱정하신 것처럼 신앙과 의학과의 모순이라든가, 신神의 존재의 비과학성이라든가, 그런 대단한 이유 때문은 아니었습니다. 젊은 신자라면 누구나 어려워하는 서양인 취향의 이 이론도 내게는 상관없었던 것입니다.

단지, 그 여름방학 나는 상당히 피곤한 상태였습니다. 몸뿐만이 아니라 마음 또한 상당히 지쳐 있었습니다. 어린 시절, 당신이 갖고 있던 그림 성서에서 본 금발과 금빛 수염을 한 그리스도, 그 백인을 소화할 기력조차 없었습니다.

4개월 전, 하숙집에서 살 때 심한 기침이 계속 나더니 혈담이 조금 나왔습니다. 뢴트겐 사진을 보니 왼쪽 폐에 직경 2센티 정도의 희뿌연 공동空洞이 있었습니다.

"늑막이 유착되어 있어 기흉氣胸은 불가능하지만"

연구실에서 진찰해 준 선배 조수는 나의 눈을 피하듯 마룻바닥으로 시선을 돌리면서 혼잣말처럼 중얼거렸습니다.

"휴학하고 시골에서 쉬고 있으면 좋아질 거야. 징병도 면제되고 잘됐잖아?"

그리고 그는 괴로운 듯한 소리를 내며 웃었습니다.

그의 말이 거짓이라는 것 정도는 알고 있었습니다. 배급품의 칼로리만으로는 이 병에 필요한 영양을 섭취할 수 없는 시대였습니다. 멍하니 그의 말을 들으면서 나는 다른 것을 생각하고 있었습니다.

'길어야 6, 7년 살 수 있을까?'

연구실의 깨진 유리창으로 흘러 들어온 초겨울의 엷은 햇살은, 시험관이 어지럽게 흩어져 있는 마룻바닥에 떨어지고 있었습니다. 이상하게도 죽음은 무섭지도 않았고, 가까이 느껴지지도 않았습니다.

그 늦가을은 전쟁이 패전 쪽으로 기울어가고 있던 때였습니다. 밤마다 도쿄에서는 하얀 깨알같이 B29 편대가 남쪽 바다에서 나타나더니, 거리를 불태우고는 사라집니다. 의학부 학생인 우리는 아침마다 새로운 시체를 치우거나 죽어가는 사람들 머리맡에 앉아 있는 것이 일과였습니다.

맑은 겨울날 요츠야 미츠케四谷見附에서는, 한조몬半藏門부터 긴자銀座까지의 불에 그슬린 전주와 무너진 벽만이 군데군데 남아 있는 풍경이 보였습니다. 납빛 하늘 아래에서는 누렇고 뿌연 모래 먼지가 바람결에 피어오르고, 폐허에는 고개 숙인 사람들이 발을 질질 끌며 걷고 있었습니다.

전쟁에 이기든 지든 상관없었습니다. 친구들이나 알고 있는 사람 중 누군가가 여기저기서 죽고 실종되었다는 이야기를 들어도 '아, 그런가!'라고 생각될 뿐이었습니다. 병원이 불타 창마저 부서진 의학부의 임시 교실에서, 때때로 자전거를 타고 니가와의 하얀 길을 달려 다카라즈카宝塚로 전교를 가는 당신을 떠올리는 일도 있었습니다. 미사를 봉헌하고, 신자들의 고백을 듣고, 환자를 방문하고, 자신의 신앙, 자신의 사명을 위해 일할 수 있는 당신의 신선하고 새하얀 로만컬러를 말입니다. 하지만 새하얀 로만컬러도, 그 잿빛의 막 속에서 점점 희미해지다가 사라져 갔습니다.

혈담이 나오고 일주일 정도 지난 어느 날 아침, 나는 학교에 가려고 시나노마치信濃町 역에서 내렸습니다. 역 뒤쪽은 방금 강제로 피난 간 상태로, 건물 잔해로 뒤덮인 집터에 옅은 겨울 아침 해가 비추고 있었습니다. 나는 카키색 작업복을 입은 노인 하나가 이쪽으로 등을 향한 채, 건물 잔해 한가운데 웅크리고 앉아 있는 것을 보았습니다.

야윈 등에 옅은 해가 비치고, 발밑에는 새하얀 휴대 주머니 하나가 뒹굴고 있었습니다.

황혼녘, 강의를 마치고 다시 그 피난지역을 지나쳤습니

다. 경찰을 둘러싼 2, 3명의 인부가 먼지바람을 맞으며, 팔짱을 낀 채 서 있었습니다. 건물 잔해 위에는 뭔가가 거적에 덮인 채 놓여 있었고, 그 끝자락에는 헌 단화를 신은 두 발이 드러나 있었습니다.

"무슨 일입니까?"

나는 자전거에 기대어 그 광경을 바라보고 있는 남자에게 물었습니다.

"길 가다가 쓰러진 노인 같아. 영양실조야, 저게 전 재산인 듯한데."

남자는 건물 잔해 가운데 우뚝 서 있는, 불에 탄 나무 한 그루를 손가락으로 가리켰습니다. 까맣게 탄 가지에 걸린, 새하얀 휴대 주머니가 바람결에 흔들리고 있었습니다.

문득 나는, 무리를 떠나 홀로 늙은 몸을 눕힐 수 있는 숲과 늪을 찾아 헤매는 짐승을 떠올렸습니다. 나 자신 또한 니가와에서 이 노인처럼 조용히 웅크려 있고 싶었습니다.

니가와仁川는 황폐해져 있었습니다…….

같은 한신阪神의 주택지라 하더라도 아시야芦屋, 미카게御影와는 달리, 이곳은 공기도 건조하고 땅 색깔도 하얘 묘하게도 외국의 작은 시골 마을과 비슷한 풍경을 하고 있었습니다. 그 이유는, 무코가와武庫川의 지류인 니가와가 발원지가 되어 흐르고, 둥근 사화산死火山인 가부토야마甲山와 그것을 에워싼 화강암질의 구릉 때문이었습니다. 그때문인지, 자신의 나라를 떠난 캐나다인들이 *쇼와 7년경, 이곳에 간사이關西 학원을 지었으며, 가을이 되면 다양한 빛깔의 코스모스가 피는 적송림 속에 크림 빛깔의 양옥을 짓고 정착했습니다.

당신의 성당은 강을 사이에 두고 이 프로테스탄트 학원 건너편에 있었습니다. 오랜 세월이 흘러 이 두 개의 기독교계의 건물 사이에, 아시야와 미카게에 살고 있는 경제적 여유가 없는 계층들이 주택업자들의 말만 믿고, 벼락부자 흉내를 내며 외관만이 화려한 일본식과 양식을 절충한 주택들을 다투어 지었던 것입니다.

2년 만에 한큐 역에 내린 나는, 이런 니가와의 풍경 속에서 어린 시절 자신의 모습을 찾으려 했습니다. 하지만 적송림과 하얀 화강암 언덕과 맞물린 유년 시절의 모습은 찾아볼 수 없었습니다. 일본 땅이면서 너무나도 감쪽같이 이국 풍경으로 변모한 니가와는, 황색인인 주제에 어머니와 이모에 이끌려 당신의 교회에서 세례를 받았던 나 자신의 모습과 흡사했습니다.

---

* 역주－쇼와(昭和) 7년의 연호는 서기 1932년이다.

하지만 전쟁 때문에 캐나다인들이 철수한 이 마을은 얼빠진 노인의 얼굴과 닮아 있었습니다. 강은 메워져 모두 경작지가 되었고, 간사이 학원의 외국인들이 살던 크림 빛깔의 집은 공장 노동자의 숙소로 바뀌어 있습니다. 적송림은 비행기 연료로 쓰기 위해 벌채되었고, 황혼녘의 강가에는 으레 지친 목소리로 군가를 외치면서 다리를 질질 끄는 남자들이 보였습니다.

"저건 뭔가요?"

나는 노인에게 물었습니다.

"징용된 공장 노동자지. 가와니시川西 공장에서 일하고 있어."

노인이 말하는 대로 옛날 다카라즈카까지 펼쳐져 있던 골프장에는 적의 비행기에 쉽게 띄지 않도록 색칠한 비행기 공장이 만들어지고, 작은 한큐 역은 아침저녁으로 기름으로 더럽혀진 작업복과 몸뻬를 입은 간사이 학원의 학생 그리고 이토코系子가 다니고 있는 성모 여학원의 학생들로 넘쳐 있었습니다.

"외국인은 없나요?"

"성당의 신부님과 듀랑, 두 사람만 남아 있지. 두 사람뿐이야."

"그럼, 니가와도 B29의 표적이 되겠군요."

"그럴 거야. 여자들이 피난 간 게 다행이지. 정말 다행이야."

내가 니가와로 온 것은 조용히 쉬고 싶었기 때문이었습니다. 공습도 시체도 머리에 떠올리지 않는 곳에 있고 싶었던 것입니다. 결핵으로 어차피 죽어야 한다면, 맹렬한 불길과 소음에 시달리지 않고 죽기를 바랐습니다. 하지만 이타미伊丹까지 폐허가 되어 버린 그즈음, 외국인마저 떠나고, 서로 다른 모양의 공장까지 생겨난 이 마을이 폭격을 면할 수 있으리라고는 생각하지 않았습니다.

일주일에 두 번 고토엔甲東園에 위치한 숙부의 병원에 가서 일을 돕기로 했습니다. 그것은 결핵을 치료하기 위해서가 아니라, 그렇게 하지 않으면 징용과 노동에 끌려 나가기 때문입니다. 병원에 가지 않는 날은 성당에도 가지 않고, 당신도 만나지 않고, 가구마저 치워진 텅 비고 먼지투성이가 된 집의 방 하나를 비워 가만히 누워 있었습니다.

방문객은 이따금 찾아오는 이토코뿐입니다. 이토코는 잘 아시듯이 사촌입니다. 2년 전 이 마을로 돌아왔을 때, 처음으로 이토코를 안았습니다. 암울한 시간을 잊고 싶었기 때문입니다. 성모 여학원 학생인 그녀의 아직 여물지 않은, 그러나 희고 신선한 육체에서만은 이상하게도 죽음의 냄새가 나지 않았습니다.

하지만 오늘날 니가와가 바뀌었듯이 그녀도 바뀌어 있었습니다. 매일 가와니시의 공장에서 다른 학생들과 함께 공장 노동자들의 거친 작업복을 빨아야 했기 때문에, 그녀의 손은 터서 피가 나고 갈라져 있었습니다. 성모 여학원의 하얀 제복 대신에 몸뻬를 입고, 머리카락도 농사짓는 여자처럼 뒤로 잡아맸습니다. 이토코가 사에키佐伯 군의 약혼자였다는 사실은 말씀드릴 필요가 없을 것입니다. 사에키는 어린 시절 당신이 바치는 미사에서 나와 복사*를 했으니까요. 이토코가 왜 이 경건한 청년을 배신해 왔는지도 이야기하지 않겠습니다. 그즈음 이 남자는 미에현三重県에 위치한 부대에 입대한 상태였습니다.

나는 그 후에도 계속 타성적으로 이토코를 범하며, 허약한 자신을 더욱 극심한 피로 속으로 몰아갔습니다. 죄의식도 양심의 가책도 느끼지 못했습니다. 사에키에 대한 미안한 마음은 있었지만 어두운 비탈길을 굴러가듯 어쩔 수 없는 기분이었습니다.

그 황혼녘에도 내 방에서 이토코를 안았습니다. 하늘은 낮부터 무겁게 뜬 낮은 구름에 덮여 당장이라도 눈이 올 듯했습니다. 창으로 보이는 정원도 황폐해진 채로 버려져

---

* 역주—가톨릭 미사 때 사제의 시종(侍從) 역할을 하는 사람을 일컬음.

지저분했습니다. 옛날에 여동생들이 심어 놓은 칸나와 색비름 줄기가 붉은 뼈처럼 지면에 꽂혀 있습니다. 햇살이 비치지 않는 담장 밑에는 일주일 전쯤 내린 눈이 흑갈색으로 남아 있습니다. 이토코와 키스를 하며 나의 눈은 멍하니 그녀의 목에 걸린 성모 메달을 바라보고 있었습니다.

잿빛의 저녁 안개 속에서 이토코의 얼굴은 박처럼 뽀얗게 보였습니다. 그녀 또한 양미간에 괴로운 듯한 빛을 띠고 눈을 크게 뜬 채, 나처럼 이 삭막한 정원을 바라보고 있었습니다. 2년 전, 그녀는 나의 애무에 눈을 감고 가냘프게 신음하곤 했었습니다.

'이토코도 죽음을 생각하고 있는 걸까?'

신부님, 그때 이상하게도 우리에게는 이 죽음이 두렵거나 추악하다고 생각되지 않았습니다. 이토코를 범하는 것이 사랑인지, 정욕인지 알 수 없었습니다. 죄책감도 공포도 없었습니다. 이대로 이토코를 안은 채 말라 죽어간다 해도 어쩔 수 없다는 어두운 체념이, 당신이 가르쳐준 그리스도교의 논리보다 앞섰습니다.

"어떻게 될까? 우린."

이토코는 공허한 목소리로 중얼거렸습니다.

"어떻게 되다니? 글쎄, 어떻게 될지 나도 모르겠어……."

"전쟁은 얼마나 계속될까?"

"언젠가는 끝나겠지만, 끝나 봤자 달라질 건 없을 거야."

"그래. 끝나도 마찬가지겠지."

지치고 기미 낀 얼굴로 그녀는 나를 가만히 바라보더니, 인형처럼 천천히 일어나 가슴의 성모 메달을 손에 쥐었습니다. 와카야마和歌山 남쪽에서 선회하고 있는 적기 한 대의 동정을 알리는 라디오 소리가 이웃집 노인 집에서 들려왔습니다.

"웃기는 일이야. 넌 사에키의 약혼자니까, 우린 불륜을 저지르고 있는 거잖아."

"그만."

내키지 않는 듯이 그녀는 침대에서 내려서더니, 방구석에서 쪼그리고 앉아 바지를 입었습니다.

"그만해."

"아직도 브로우 신부님과 만나니? 미사에는 나가고 있어?"

"이따금. 하지만 하느님이 있든 없든 이젠 상관없어."

바람이 불기 시작했습니다. 뒤쪽의 잡목 숲에서 뭔가 갈라지는 소리가 납니다. 나와 이토코는 방공두건을 뒤집어쓰고, 이토코는 외투로 몸을 감쌌습니다. 나는 그녀를 배웅하기 위해 한큐 전철역까지 걸었습니다.

'하느님이 있든 없든 상관없어.'

이토코가 검은 천으로 창을 가린 전철을 타고 떠난 후, 나는 천천히 그녀의 가슴에 달린 성모 메달을 떠올렸습니다.

'정말이지, 모든 것이 어찌 되든 상관없다. 이 나라에 성모는 존재하지 않는다.'

가부토야마로부터 얼음처럼 차가운 바람이 불어 내립니다. 강가의 집은 모두 불을 끄고 경보에 대비하고 있었습니다. 니가와로 돌아온 지 2개월이 되지만 아직 한 번도 당신이 있는 곳에도, 성당에도 찾아가지 않았습니다. 2년 전처럼 당신으로부터 신자 대접을 받아가며, 거기에 장단 맞춰 이야기한다는 것이 싫었던 것입니다. 흐린 하늘 사이로 작은 별 하나가 세찬 바람에 맞서 희미하게 반짝이고, 니가와 다리 뒤쪽의 소나무 밭이 애조를 띠며 술렁이고 있었습니다. 이토코를 범한 후에는 늘 그러하듯이 미열이 났습니다.

옛날 소년 시절, 이토코와 이 숲 속에서 자주 '성 가정 놀이'를 하며 놀곤 했습니다. 이토코가 마리아, 내가 성 요셉 그리고 이토코가 가지고 있는 셀룰로이드로 만든 큐피'가 어린 그리스도였습니다. 이 근처에 산재한 고분 가운데 하나가 박사들이 방문한 마구간 역할을 했습니다. 고대의 사람들이 토용土俑과 함께 매장된 바위 속에서는 부식된 돌과 흙이 황홀하고 감미로운 죽음의 냄새를 풍기고 있었습니다.

"나, 무서워."

이토코는 내게 달라붙곤 했습니다.

"지네가 있는 걸."

그럼에도 불구하고 나는 고분의 어둠에서 뭔가 이상한 매력을 느꼈습니다. 당신이 알지 못하는 이교異教의 죽음의 공포도, 죄의 두려움도, 영원한 지옥도 없는 고요함이 어린 마음에도 느껴졌던 것입니다.

"거기 가면 안 돼."

이토코의 작고 부드러운 뺨에는 낮에 먹은 딸기크림 냄새가 났습니다.

"저기에 듀랑 씨의 집이 있는 걸. 그 사람은 지옥에 갈 거야. 엄마가 그렇게 말했어."

신부님, 이토코를 배웅한 그 밤도 듀랑 씨의 작은 집은 가부토야마에서 불어 내리는 세찬 바람을 맞으며, 소용돌

* 역주―로마신화에 등장하는 '사랑의 신'인 큐피드를 본떠 만든 어린이 인형

이치는 소나무 숲과 칠흑 같은 어둠 속에서 얼어붙어 있었습니다.

"그 사람은 지옥에 떨어질 거야."

이토코의 말대로 나의 어머니도 이모도 그리고 니가와 교회의 신자들 모두 그가 지옥에 떨어질 거라고 믿고 있습니다. 어린 시절 나의 세례증명서에서 듀랑 신부의 서명을 발견하고, 어머니에게 물었던 일이 떠오릅니다.

"내가 듀랑 씨한테서 세례를 받았네. 그렇다면 그 사람, 신부였잖아!"

불쾌한 표정을 지으며 어머니는 고개를 돌렸습니다.

"잠자코 있어. 여하튼 그 외국인하고 이야기하면 용서하지 않을 테니까."

나는 나중에서야, 담뱃진으로 구레나룻이 노래지고 머리가 벗어진 그 외국 노인이 평생 독신생활을 해야 할 가톨릭 사제였으며, 일본 여자와 잘못을 저질러 교회로부터 추방당했다는 사실을 알았습니다. 축일 같은 날, 배교자는 거지처럼 기둥 뒤에 몸을 숨긴 채 미사에 참여했고, 신자들이 성당에서 빠져나간 후에야 죄인처럼 뒷문으로 나가는 것이었습니다.

"가톨릭의 수치에요. 정말, 우리들마저 이상하게 보일 거예요."

신자들은 당신이 그 유다를 교회에 받아주는 것을 몰래 비난하고 있었습니다.

"브로우 신부님마저 계율을 지키시지 않으니."

아이들은 노인이 성당에서 나와 류머티즘을 앓는 다리를 질질 끌면서 걸어가는 길목에 잠복하고 있다가, 뒤에서 '돌을 던져 그를 쫓아내라'는 성서의 말씀대로 돌을 던지곤 했습니다. 솔방울과 돌멩이가 쏟아지는 속에서 듀랑 씨는 지팡이에 몸을 의지하고, 오른손으로 얼굴을 가리면서 소리쳤습니다.

"나, 늙은이야. 던지지 마."

그리고 그는 아이들의 의기양양한 소리를 등지며 이 소나무 밭으로 사라졌던 것입니다.

나는 땅에 웅크리고 앉아 그 당시를 떠올리며, 듀랑 씨에게 던졌던 것과 같은 솔방울을 주웠습니다. 바싹 말라 갈라진 솔방울을 손에 쥐고, 나는 죄와 흙의 냄새를 맡았습니다. 어른의 눈에는 순진한 소년 시절로 보였겠지만 사실은 그렇지 않았습니다. 이 솔방울로 눈앞에 있는 집 창유리를 몇 번이나 깼습니다. 여덟 살 난 잔혹한 소년은 그 노인에 대해 연민의 정을 조금도 느끼지 못했습니다. 그리스도가 성전에서 상인들을 추방하셨듯이 신자로서 죄인을 쫓아내는 것, 배교자를 내쫓는 것을 신앙의 증표라고 생각하고 있었던 것입니다.

덧문은 굳게 닫혀 있어 아무런 소리도 들리지 않습니다. 문 앞에 방화용 멍석과 채까지 놓여 있었습니다. 방공훈련에 동원돼 난폭한 방위대원들에게 시달리는 노인의 모습이 눈에 보이는 듯했습니다. 오늘 밤도 꼭 닫힌 방 안에서 그는 불을 끄고, 숨을 죽이고, 니코틴으로 노래진 구레나룻을 정부情婦에게 대고 있는 게 아닐까? 그들 또한 나와 이토코처럼 쇠약해져 죽기를 기다리고…… 갑자기 가슴속에서 고통스러운 것이 치밀어 올라왔습니다.

"나, 늙은이야. 던지지 마."

그 비굴한 목소리가 들리는 듯했습니다. 손에 들고 있던 솔방울을 꽉 쥐었습니다. 손바닥에서 화끈화끈 통증이 느껴졌습니다.

갑자기 전신주 뒤에서 회중전등 빛이 얼굴에 쏟아졌습니다.

"어라. 이 녀석, 각반脚絆도 착용하지 않고. 경계경보 중이란 걸 몰라?"

나는 남자의 얼굴을 볼 수 없었습니다. 남자는 바로 회중전등을 껐습니다.

"어느 학교 학생이지? 학생증 내 봐."

왠지 그는 목소리를 낮췄습니다.

"듀랑 씨 집에……"

나는 침을 삼키고, 그리고 마음을 다잡으며 답했습니다.

"볼일이 있어서요."

"볼일? 무슨 볼일?"

"불어를 배우고 있습니다."

"이런 비상시기에 코쟁이 말 같은 걸 배우고 있어?"

그는 화가 치미는 듯, 침을 땅에 뱉고는 꽉 잡고 있던 손을 놓았습니다.

"다음부터…… 또 이러면…… 알아서 해. 각오하라고!"

바람 속에서 그 말이 드문드문 들렸습니다. 남자로부터 벗어났을 때, 따귀를 맞은 것처럼 얼굴이 화끈거렸습니다. 등 뒤에 그의 시선을 따갑게 느끼면서 나는 어쩔 수 없이 듀랑 씨의 집 현관으로 걸어가 초인종을 눌렀습니다.

2

듀랑 신부의 일기

12월 5일

항상 그렇지만, 나는 매일 아침 미사에 참례하러 가는

길보다도 돌아오는 길이 훨씬 멀게 느껴진다. 오늘 아침에도 성당을 나왔을 때 몸은 매우 차갑게 얼어 있었다. 기미코가 자신의 스웨터를 풀어 만들어 준 목도리에 얼굴을 묻으며, 일주일 전에 내린 눈이 얼어붙어 어둠 속에서 은빛으로 빛나고 있는 길을 걸어 내려갔다. 아직 도시는 잠들어 쥐 죽은 듯 조용했다. 니가와 다리까지 왔을 때, 가부토야마에서 불어 내리는 얼음처럼 차가운 바람이 거세게 얼굴에 부딪쳐 왔다. 심장이 약한 나는 얼굴을 손으로 가린 채 잠시 돌로 된 손잡이에 기대어 있어야 했다. 그때도…… 그때도 감은 눈 안쪽에서, 자신이 죽음을 맞이했을 때의 얼굴을 뚜렷이 보았던 것이다. 그것은 지옥에 떨어지는 자의 죽은 얼굴이었다.

　사제였을 때, 나는 종종 임종하는 자리에 입회했었다. 이미 고인이 된 도모토 씨, 사이토 부인 그리고 내가 그즈음 '작은 꽃 테레지아'라고 부르며 누구보다도 귀여워했던 아이, 아유코에게 병자성사를 주었던 것은 나였다. 자신의 영혼을 하느님에게 맡긴 그들의 표정은 평온했다. 눈언저리는 어두운 바다와 같이 이 지상에서의 괴로운 그늘을 띠고 있을 뿐, 더 이상 우리가 범접할 수 없는 안식과 고요함에 싸여 있었다.

　하지만 나의 경우는 다르다. 눈 안쪽에 떠오른 죽은 얼굴은 그리스도를 배신하고, 스스로 목을 맨 유다의 얼굴이었다. 그것은…… 이런 얘기는 그만 하자. 이 노트가 기미코에게 발견될 경우를 생각하여, 나는 오늘부터 이것을 휴대용 금고 속에 그 브로우닝 권총과 함께 넣어두기로 했다.

지금 부엌에서는 기미코가 밤참 준비를 하고 있다. 유다처럼 자살하기 위해서 5년 전에 입수한 이 권총을 나는 잠시 바라보고 있었다. 창으로부터 비스듬히 떨어지는 겨울 저녁 햇살을 받아, 그것은 무겁고 둔하게 빛나고 있었다. 총구만이 노인의 쇠약하고 쑥 들어간 눈처럼 움푹 패여 있었다. 습기를 머금은 일본의 그 여름, 나와 기미코는 창 밖에서 들려오는 개구리의 쉰 울음소리를 들으면서 끔찍한 정욕의 행위에 빠져 있었다. 일이 끝나고 사제관으로 돌아오고 나서 나는 습기 찬 침대에 얼굴을 묻은 채 총부리를 관자놀이에 몇 차례나 대었다. 손가락은 떨고 있었고, 구부러지지 않았다. 죽을 수 없었다. 그 후에 나는 친구인 브로우 신부의 은밀한 원조로 신자들의 눈을 피하며 마치 살아있는 송장처럼 살아오고 있다.

12월 8일
'만일 손이 죄를 짓게 하거든 그 손을 찍어 버려라. 두

손을 가지고 꺼지지 않는 지옥 불 속에 들어가는 것보다는 불구의 몸이 되더라도 영원한 생명에 들어가는 편이 나을 것이다.'

불란서 사제였던 내가 선교지에서 일본 여자를 범한 이 불륜. 그 사실은 즉시 이 다카라즈카 근처의 작은 도시에 알려졌다. 그 때문에 신자 몇 명이 교회를 떠나고, 나는 추방되었다. 죄는 그것을 범한 사에게만 영향을 미치는 것은 아니다. 주님이 내게 맡긴 양의 무리를 나는 게으름 때문이 아니라 배신에 의하여 광야와 숲 속에 버렸던 것이다.

'나를 믿는 이 보잘 것 없는 사람들 가운데 누구 하나라도 죄 짓게 하는 사람은 그 목에 연자 맷돌을 달고 바다에 던져지는 편이 오히려 나을 것이다.'

나는 알고 있다. 브로우 신부가 아무리 나를 위로해도 나는 결국 지옥의 꺼지지 않는 불 속에 떨어질 것이다.

주여, 이젠 당신을 알 수가 없습니다. 나의 인생을 이처럼 농락하고 파괴하며 당신은 기뻐하고 있는 것은 아닙니까? 지금이야말로 그 최후만찬의 날에 당신이 유다에게

"네가 할 일을 어서 하여라."

라고 하신 그 냉혹한 표정을 뚜렷하게 포착할 수 있을 듯합니다. 유다도 만일 당신의 제자였다면 그리고 그 구원을 위해서 당신이 십자가를 지고, 채찍질 당하고, 죽어야 했

던 인간들 중 하나였다고 한다면, 당신은 왜 그를 버리셨습니까?

당신은

"유다, 나는 네게도 손을 내밀고 있다. 용서받지 못할 죄란 나에겐 없다. 나는 무한한 사랑이기 때문이다."
라고 말하지 않았습니다. 성서에는 단지 이 위협적인 당신의 말만이 쓰여 있을 뿐입니다.

'차라리 세상에 태어나지 않았더라면 더 좋을 뻔했다.'

'차라리 세상에 태어나지 않았더라면.'

나는 가슴 깊은 곳으로부터 유다와 성서의 그 말을 떠올린다. 더구나 다시 태어나는 것이 불가능한 지금, 하느님은 내가 자살하는 것마저 용납하지 않는다…….

12월 9일

미사가 끝난 뒤, 나는 성당 문 뒤로 몸을 숨기며 신자들이 나를 알아채지 못하고 떠나기를 기다리고 있었다. 겨울이 되고부터는 평일 아침 미사에 오는 사람도 현저히 줄었지만, 그래도 이시다 씨와 전교사 겸 성모 유치원의 보모인 아야코 씨, 시마무라 부인, 이시이 부인 등, 옛날 내가 세례를 준 이 신자들은 작은 소리로 이야기를 주고받으며 잠시 성당 문 앞에 서 있었다. 물론 그들은 내가 여기에 있는 것을 알아채고 있는 듯하다. 왜냐하면, 확실히 그들은 나를 못 본 척하고 있었기 때문이다.

"니시미야西宮의 형사가 어제 오후에도 성당에 왔었어요."

몸뻬 위에 검은 스웨터를 입은 아야코는 테 없는 안경 너머로 내가 있는 쪽을 흘끗 쳐다보고는, 흥이 깨진 표정으로 눈길을 돌려 이시타에게 말했다.

"내게 와서는, '너희 신자들은 천황 폐하를 믿는 거냐? 서양인의 신神을 믿는 거냐?'라며 큰소리를 치는 거예요. '어쨌든 이 교회에는 서양인이 둘이나 있고, 너희도 크리스찬이라고 하면서 무엇을 하고 있는 거냐'고 하는 거예요."

"뭘 하고 있냐, 라고요? 설마 형사가, 우리 신자들을 비국민적이라고 말하는 게 아닐까요? 그래서 나는 이때야말로 신자들이 전사한 장병을 위해서 미사를 봉헌해야 한다고 강조하는 거예요."

게타*를 신은 이시타는 제자리걸음을 하면서 화난 듯이 그렇게 말했다.

"그게, 아니에요, 이시타 씨, 경찰이 말하는 건……"

---

* 역주─일본의 전통신발, 나막신.

아야코는 입을 다물고, 다시 내 쪽을 곁눈으로 쳐다보고는 시마무라 부인과 이시타 씨의 귓가에 입을 바싹댔다.

"그 파렴치한……"

나는 눈을 감고, 기미코의 이름을 되뇌었다. 서른 살 젊은 나이임에도 불구하고, 돈을 아끼기 위해 멀리 산지産地까지 가서 물건을 사오거나, 부업을 하느라 벌써 노파처럼 등이 굽은 기미코. 하느님에게 의지할 수 없게 된 지금의 나로서는 설령, 그 여자가 나와 함께 지옥에 떨어진다 하더라도 헤어질 수는 없는 것이다.

(그날 밤, 피스톨의 차가운 총구를 이마에 느꼈을 때, 무서울 정도로 조용해진 방 안에서 돌연 내가 아닌 다른 힘이 필사적으로 나의 팔을 저지하려고 하는 것을 느꼈다.

'안 돼. 그러지 마. 죽으면 안 돼. 너는 죽으면 그만이지만, 그럼 기미코는 어떻게 되는 거야? 죽으려 한다면 언젠가는 죽을 수 있어. 그러나 그것은……'

그리고 나는 비겁하게도 그 유혹에 져 버렸다)

이야기를 마친 그 사람들이 뿔뿔이 흩어져 돌아간 후, 하늘은 어제처럼 낡은 솜 빛깔로 흐려 있어 금방 눈이라도 내릴 듯한 날씨였다. 내 심장에 통증이 다시 느껴지기 시작했다.

그곳에 짐승처럼 웅크리고 앉아, 잠시 동안 가만히 있었

다. 왜냐하면 오늘은 내가 불란서에서 이 일본의 사카세逆
瀬 교회에 부임한 지 12년째 되는 날이었기 때문이다.

　……그 쇼와 8년경*, 내가 일생을 선교에 바치겠다고
결심하고 온 이 니가와는 한신阪神 교외의 신흥 주택지로,
한큐전철이 토지 분양을 시작하던 참이었다. 역 앞에 잡화
점 겸 담배 가게 한 채와, 주택공사의 출장 사무소가 있는
정도였다. 시금과 같은 종탑을 갖춘 성당 건물도, 브로우
신부가 살고 있는 사제관도 없었다. 성당 안에 장식되어
있는 은촛대도, 성 요셉상도, 모두 내가 주교의 허락을 얻
어 고향인 리옹시에서 들여온 것이다. 빌린 세 칸의 농가
가 성당이 되고, 농부의 아이들에게 교리를 가르치는 유치
원이 되고, 사제관이 되기도 했던 것이다.

　그 집이 있던 자리는 이 성당 출구의 지금 내가 웅크리
고 앉아 있는 곳 근처가 된다. 추위에 언 손가락 끝으로 나
는 어린아이처럼 그 지면을 만지고 있었다. 그러자 돌연
나의 눈에는 후회라고도 원한이라고도 할 수 없는 눈물이
흘렀다…….

　얼굴을 들었을 때, 브로우 신부가 검은 사제복 소매에
양손을 넣은 채 괴로운 듯한 표정으로 나를 내려다보고 있

* 역주－서기 1933년

었다. 오늘이 내게 있어 어떤 날인지, 그만이 알고 있었던 것이다.

"피에르, 춥지 않습니까? 내 방에서 따뜻한 차 한잔 들고 가세요. 그리고 건네줄 것도 있고 하니."

그는 손으로 나의 어깨를 잡으며 사제관으로 데리고 갔다.

이 8년 동안 브로우는 다른 사람 몰래 (그는 주교님으로부터 부탁받은 것이라고 하지만, 나는 그것이 거짓말이라는 것을 알고 있었다) 돈을 건네주곤 했는데, 오늘도 나는 그가 건네주는 백 엔짜리 지폐를 받았다. 이 귀중한 돈은 브로우가 자신이 모아둔 것에서 떼어 준다는 것을 나는 알고 있다. 하지만 받을 수밖에 없다. 받지 않으면 기미코와 나는 빵 한 조각조차 살 수 없는 것이다.

"경찰이 왔다고 하던데."

수치심을 감추기 위해, 그리고 그를 괴롭히지 않기 위해 그 화제를 선택했다.

"아, 그거요."

잠시 혀를 차더니 브로우는 홍차를 휘젓고 생각에 잠겼다. 신학교 후배인 이 남자도 나이를 먹었다. 아직 오십이 안 되었는데도 귀밑에 흰머리가 보이고, 움푹 들어간 눈 주위에는 검은 기미마저 생겼다.

"그들은 고바야시小林의 성모 여학원에도 수없이 와요. 그저께 전화를 걸었더니, 이태리 수녀들은 다카츠키 경찰서에 연행되어 어딘가로 이송된 듯해요."

　"불란서 사람 가운데 연행된 사람은?"

　나는 겁먹은 목소리로 그 질문을 꺼냈다. 브로우는 책망하는 듯한 눈초리로 나를 흘끗 쳐다보았다.

　"안심하세요. 당신은 괜찮아요. 국적이 일본으로 되어 있으니까요."

　일어나 방 출입구까지 배웅한 그의 눈에서 겁 많고 비겁한 나에 대한 경멸의 빛을 보았다.

　돌아오는 길에 나는 니가와 다리의 난간에서 4일 전과 마찬가지로 손으로 얼굴을 가린 채 자신의 앞날을 생각했다. 아까 내가 브로우 신부에게 했던 말은 결코 비겁해서 한 말만은 아니었다. 내게는 기미코가 있다. 만일 일본 경찰이나 헌병에게 납치되었을 경우, 그녀는 어떻게 살아갈까? 내가 브로우처럼 독신이라면…… 거기까지 생각했을 때, 나는 다시 자신이 얼마나 위선자인지를 느꼈다. 모든 악의 씨는 나에게 있다. 8년 전에도 나는 혼자 있을 수가 없었다. 악마는 기미코와 사제인 나를 간음, 정욕, 모독이라는 대죄에 떨어뜨리기 위해 연민이라는 감정을 이용했던 것이다.

12월 10일

나는 하루 종일 어젯밤에 쓴 일기의 마지막 구절인 '연민'이라는 말을 생각했다. 기미코는 다카라즈카 안쪽에 위치한 마을에 쌀과 야채를 파는 농가가 있다고 하며 외출해 자리를 비웠다. 물론 그것을 구입할 비용은 어제 브로우가 건네준 백 엔짜리 지폐로 충당할 것이다.

기미코가 없는 집에서 나는 조촐한 점심식사를 마치고 의자를 툇마루로 들고 나가 해가 질 때까지 앉아 있었다.

(그때 나는 정말로 연민만으로 기미코에게 다가갔던 것일까?)

그 일이 있었던 것은 쇼와 12년 9월 11일*이었다. 비를 무릅쓰고 미카게 성당의 웃산 신부를 방문했던 일이 지금도 생생하게 기억난다. 밤이 되어 돌아오려 하는데, 저녁 녘부터 내리기 시작한 비가 억수같이 퍼붓고, 라디오는 연이어 폭풍우라고 알리고 있었다. 나는 니가와의 성당이 걱정되어 연락을 취하려 했지만, 이미 전화도 불통이고, 전차도 전부 운행 중지인 상태였다. 어쩔 수 없이 웃산 신부의 성당에서 묵었다. 물론 등불은 꺼진 상태였다. 창으로 보니 탁류가 성당을 둘러싸며 소용돌이치고 있었다. 나는

* 역주─서기 1937년 9월 11일

웃산 신부와 전교사인 노부부와 함께 한방에 모여 만일의 경우를 대비했다.

다음날 아침에도 비는 그치지 않았다. 도로란 도로에는 흙탕물이 소용돌이치고 있었지만, 부근의 주택은 모두 그대로였기 때문에 우리는 큰일은 없었을 거라며 서로 이야기를 주고받았다. 우리도 일본에 온 지 4, 5년이 지나면서 가을철 태풍에 어느 정도 익숙해져 있었던 것이다.

때문에 점심시간이 지나 하늘이 개이자, 나는 만류하는 웃산 신부에게 작별을 고하고, 구두를 벗은 채 약간 빠진 누런 물속을 걸어 밝은 기분으로 출발한 것이다. 그런데 한신 전철은 아직 운행하지 않았다. 그뿐만 아니라 게시판에는 '개통 가능성 전혀 없음'이라고 쓰여 있었다.

"모르겠어요? 전차 못 다니는 게 문제가 아니에요."

역 직원은 화가 난 듯이 내게 고함쳤다. 비로소 나는 진상을 알 수 있었다. 스미요시住吉는 그런대로 괜찮으나, 우오자키魚崎에서 아시야에 걸쳐 거의 모든 집이 롯코六甲산에서 흘러내린 토사에 묻혔으며, 탁류에 휘말린 사상자의 수가 헤아릴 수 없을 정도라고 역 직원은 설명했다.

"저 산, 안 보여요? 저 산?"

반신반의하던 나는 역 직원이 가리키는 롯코산을 쳐다보았다. 이미 활짝 개인 새파란 가을 하늘 가운데 롯코산의 봉우리들은, 한쪽 면이 나무 한 그루, 풀 한 포기 없다고 해도 좋을 정도로 핏빛의 맨땅을 드러내고 있었다.

"몽땅 떠내려갔어. 몽땅 이쪽으로 밀어 덮쳤지. 집이라고 하는 건 찾아볼 수가 없어."

나는 바지를 걷어 올리고 맨발로 걷기 시작했다. 우오자키 마을이 가까워짐에 따라 나는 여러 차례나 멈춰 서서, 싯누런 물에 파묻힌 집 지붕, 끝이 드러난 전신주 그리고 그곳은 이미 물이 빠져나갔는지, 단지 갈색의 진흙 천지에 불과한 논과 밭을 바라보았다. 이것이 12년의 간사이関西 지역의 풍수해였다.

기미코를 만난 것은 그로부터 이틀 후이다. 그 근처에 살고 있는 일본인 신자를 병문안하기 위해 나는 그날 또다시 아시야와 우오자키를 돌아다녔다.

아시야 강과 스미요시 강 근처는 피해가 특히 심했다. 집들은 상류에서 흘러내린 토사 속에 완전히 매몰되어 있었다. 굵고 큰 나무줄기와 거대한 암석까지 그 위에 포개어져, 그것을 치우기 위해 카키색 바지 차림의, 웃통을 벗은 일본 중학생들이 로프를 잡아당기며 작업하고 있었다.

뜨거운 햇볕이 내리쬐는 모래 사이사이로 옷자락이라든가 낡은 구두 그리고 때로는 인형마저 드러나 있었다.

멍하니 얼빠진 표정으로 부서진 자기 집 잔해 위에 앉아 있는 노인도 있었다. 주변의 분위기를 더욱 슬프게 했던 것은 그의 등 뒤에서 계속 울어대는 매미소리였다.

기미코도 그 노인과 마찬가지로 바위 위에 앉아서 공허한 눈으로 나의 얼굴을 멍하니 바라보고 있었다. 나는 길을 물었는데, 그녀는 희미하게 고개를 저을 뿐 대답할 힘도 없는 듯했다.

"먹을 것이 없습니까?"

나는 다가갔다.

"어디 아파요?"

이것이 기미코였다. 그녀는 3일 전 수해가 있던 밤, 한꺼번에 양친과 여동생을 잃었던 것이다. 미싱을 붙잡고 떠내려 온 그녀만이 살아남았다.

나는 그녀에게 의지할 친척이 없느냐고 물었다. 기미코는 다시 희미하게 고개를 저었다.

"돈은?"

그것도 없었다. 면사무소가 지정한 초등학교에서 살고 있다는 이야기였다. 나는 약간의 돈과 니가와 성당의 주소를 건네주며, 만일 도저히 안 되겠으면 찾아오라고 했다.

당시 나는 자신을 믿고 있었다. 사제로서의 자신의 의무와 강인함을 믿고 있었다. 기미코와 나 사이에는 스무 살

이상 나이 차이가 있다. 이미 나는 불혹의 나이, 불란서어로는 '깨달음의 나이'라고 하는 나이였다. 중년의 내 입장에서 보면, 그녀는 딸 정도의 나이였던 것이다. 피네 선생은, 악마는 사람들에게 잊혀짐으로써 자신의 존재를 드러낸다고 말하고 있다. 수해가 있던 날부터 악마는 교묘하게 이 피에르 듀랑의 선의를, 자존심과 의무감을 이용했던 것이다. 가나의 기적은 그리스도만이 행하는 것은 아니다. 악마는 포도주를 독약으로 바꾸는 마술을 알고 있다.

마침 그때, 가정부인 다미 할머니가 휴가를 달라고 했다. 아들이 출정하여 며느리가 밭일을 나가야 하는데, 손자를 돌봐줄 사람이 없다는 것이 그 이유였다.

망령처럼 갑자기 기미코가 성당에 나타났던 것은 (나는 지금도 기억하고 있다. 성체강복식이 끝난 후 성당을 나왔을 때, 저녁녘의 잿빛 안개 속에서 기미코는 보자기 꾸러미를 껴안고 멍하니 문에 기대어 있었다) 우오자키에서 우연히 만난 지 3일이 지난 황혼녘이었다. 나는 매우 당혹스러웠다. 기미코에게 니가와 교회의 주소를 가르쳐 주었던 것은 그녀를 받아 준다는 의미는 아니었다. 그런 일은 현縣의 구호소나 관계자가 해야 하는 일이었다.

먼저 나는 다미 할머니에게 의논해 보았다. 하지만 할머니는 자기 집으로 돌아가겠다고 고집을 피웠다. 기미코를 동정한 나는 양해도 구하지 않고, 할머니가 살고 있는 작은 별채에서 함께 지내도록 하였다. 이렇게 해서 기미코는 할머니와 함께 일주일 정도 지내면서 성당을 청소하거나 닭장을 돌보았다.

나는 '어떻게든 되겠지' 하고 생각했는데, 그것이 잘못이었다. 마침내 할머니가 고바야시小林에 있는 자신의 집으로 돌아갈 때 내게 작은 소리로 말했다.

"신부님, 기미코는 애를 뱄어요."

"애?"

"아기 말이에요. 모르셨어요?"

멍청하게도 나는 기미코 몸의 미묘한 변화를 몰랐다. 그녀는 양친과 여동생에 대해 털어놓았지만, 임신 사실에 대해서는 한마디도 하지 않았던 것이다. 이야기가 다르다. 나는 그녀를 더 이상 성당에 둘 수가 없었다.

교회의 부인 신자들 가운데서도 기미코에 대해 비호감인 사람이 생겼다. 예민한 후각으로 먼 거리에 있는 먹이 정보를 주고받는 개미처럼 기미코의 과거는 놀라울 정도로 빠르게 신자들에 의해 조사되었는데, 그 소문에 의하면, 그녀는 고베神戶에 있었던 터키 무역상인의 하녀였고, 그녀를 임신시킨 사람은 그 터키인이라는 것이다.

"신부님, 그 불결한 여자, 언제까지 놔둘 거예요?"

늘 그렇지만, 부인회의 시마무라 씨와 이시이 씨, 보모인 아야코 씨로부터 그렇게 압력을 받았을 때, 나는 그들에게 심한 분노를 느꼈다. 그녀들이 루가 복음서에 언급된, 병자를 돌보지 않은 레위인 부류라고 생각되었다.

"기미코는 임신 중입니다"라고 나는 자신도 모르게 말해 버렸다.

"내쫓을 수는 없습니다."

그날부터 나와 신자들 사이에 냉랭한 기운이 흐르기 시작했다는 것은 부정할 수 없다. 나는 어쩔 수 없이 기미코를 다미 할머니 집에 맡기기로 했다.

그 끔찍했던 밤의 일을 지금도 선명히 기억하고 있다.

성당에서 그만 나가달라고 기미코에게 말했을 때, 그녀는 단지 무표정하게 고개를 끄덕였다.

"오늘 밤 내로 떠나도록 준비를 해 둬요"라고 나는 말했다.

저녁식사 때, 평소처럼 시중을 들던 그녀에게 나는 물었다.

"다미 할머니 집, 알고 있습니까?"

"약도를 그려 주셨어요"라고 그녀는 우울하게 답했다.

식사 후 방으로 돌아온 나는 파이프를 입에 물고 교회의 회계장부를 정리하기 시작했다. 기미코는 잠시 부엌에서 접시를 닦고 있다가 별채로 돌아간 듯했다.

2시간이 지났는데도 그녀가 작별 인사를 하러 오지 않아 이상하게 생각되었다. 회중전등을 손에 들고 나는 샌들 차림으로 그녀가 묵고 있는 별채의 문을 두드렸다. 아무런 소리도 나지 않았다. 삐걱, 하고 소리를 내며 문을 열었을 때, 나는 기미코가 다다미에 엎드린 채 쓰러져 있는 것을 발견했다. 수면제 약통이 그 옆에 뒹굴고 있었다.

그리고 무척이나 무더운 밤이 계속되었던 것을 기억하고 있다. 잠들기 힘든, 장마가 개인 후의 밤처럼 더위 속에는 일본 특유의 습기가 배어 있었다. 내가 싫어하는 개구리가 성당 주위에서 쉰 소리를 내며 울고 있었다. 30촉광의 어스름한 전등 주위를 갈색의 모기가 하얀 가루를 날리며 부딪고 있었다. 두세 올의 머리카락이 늘어져 있는 기미코의 이마를 쓸어주면서, 입을 조금 벌리고 잠들어 있는 (기미코는 그때 정말 잠들어 있었을까?) 그녀의 얼굴을 내려다보고 있었다. 모든 일본 여자들이 그렇듯이, 그녀의 작고 평평한 얼굴은 그림자도 윤곽도 느껴지지 않았다. 거기에는 슬픔도 증오도, 어떤 감정도 나타나 있지 않았다.

(주여, 이 고독한 여자를……)

하지만 그녀는 결코 고독하지 않았다. 우리 서양인들이

즐겨 말하는 절망이나 고독이라고 부르는, 연극 같은 드라마의 일그러진 그림자는 그 어디에서도 찾아볼 수 없었다. 그럼에도 불구하고 가면을 쓴 듯 무감각한 이 동양 여자의 모습만큼 하느님과 거리가 먼 얼굴은 없었다.

환자의 냄새가 가득한 방에서 그 얼굴을 보고 있자 답답해졌다. 일어나서 창을 열어 환기를 하려고 했다. 그때 기미코는 이불을 목까지 끌어올리며 가늘고 긴 눈으로 나를 가만히 쳐다보았다…….

모든 일이 끝났을 때, 나는 멍하니 있었다. 한바탕 개구리의 쉰 울음소리가 야단스러웠고, 모기가 둔한 소리를 내며 전구에서 다다미 위로 떨어지는 것을 보았다. 은빛 나는 부푼 배를 위로 향한 채 모기는 죽어 있었다. 그 몸에는 온통 끈적거리는 더위가 배어 있었다. 나는……

일기는 도중에 중단하지 않으면 안 되었다.

아침부터 물건을 사러 갔던 기미코는 밤 8시경이 되어도 돌아오지 않았다. 불안해진 나는 이 노트를 덮고, 한큐의 니가와 역까지 마중 나갔다.

문을 잠그고 밖으로 나왔을 때, 소나무 숲 속에서 검은 바람이 소용돌이치고 있었다. 목도리에 얼굴을 묻고 나는 류머티즘 앓는 다리를 질질 끌면서 미끄러지지 않도록 조심하며 얼어붙은 길을 걸어 강가를 내려갔다. 9시 너머까지 강에서 불어대는 차가운 바람을 맞으며, 개찰구 뒤쪽에서 젊은 역 직원의 수상쩍어하는 눈길을 받으면서 멍하게 서 있었지만, 기미코는 어느 열차에서도 내리지 않았다.

다시 발길을 돌려 집까지 왔을 때, 한 남자의 그림자가 문 가까운 길가에 서서 내가 지나가는 것을 쳐다보고 있었다.

그를 지나치려 할 때, 그는 작은 소리로 나를 불러 세웠다. 낡은 외투 차림의, 짧은 콧수염을 드문드문 기르고, 볼이 상당히 야윈 그 남자는, 언뜻 보니 니가와의 면사무소에서 배급 업무를 담당하는 히노日野 씨의 얼굴과 비슷했다.

"듀랑 씨죠?"

남자는 회중전등을 흔들흔들 바닥에 비추면서 물었다.

"어디 갔다 오는 겁니까?"

나는 잠시 상대의 얼굴을 살폈다.

"누구십니까? 당신은."

"경찰입니다. 요즈음 니가와도 어수선해져서 이렇게 감시를 하고 있는 겁니다."

"역에 처를 맞으러 갔었습니다."

"부인을. 허, 그래요? 부인이라면, 방금 돌아오셨는데요.”

기미코가 물건 사러간 일이 들통 났구나, 라고 생각한 나는 상대가 의외로 차분하게, 오히려 입가에 비굴한 웃음마저 띠고 있는 것을 보며 당혹스러워했다.

“기미코를 데리고 와 주셨습니까? 역에서 기다렸습니다만……”

“아니. 부인의 얘기가 아닙니다. 당신 일로, 간간이 투서가 들어와서 말이죠. 교회에서 평이 별로 좋지 않은 듯하군요.”

남자는 담배를 물고, 성냥불을 켰다. 그 순간, 불빛이 그의 볼에 있는 상처를 비췄다.

“이봐. 오리엔탈 호텔에서 영국인 메긴과 만난 일 없나?”

“메긴?!”

나는 소리쳤다.

“메긴과 두 번밖에 안 만났습니다. 아무 관계도 없습니다.”

“그래. 좋아. 어쨌든 다시 천천히 얘기 들으러 오겠소.”

남자가 사라진 후, 망연히 그곳에 서 있었다.

‘누군가가 경찰에 투서를 한 거겠지. 그보다도 메긴의 일이 어쨌다는 것인가?’

나는 한 달 전쯤 다카츠키의 수용소에 수용되었던 메긴 일행이 오사카大阪로 이송되었다는 소식을 들은 것을 떠올렸다. 그때 나는 아무런 불안한 느낌 없이 그 소식을 들었다. 어쩌면 일본 경찰은 이 메긴 일행으로부터 또 다시 뭔가 꼬투리를 찾아냈음에 틀림없다.

떨리는 손으로 현관문을 열었을 때, 기미코가 딱딱한 배낭을 봉당에 내팽개치고, 아무 말도 없이 웅크리고 앉아 있었다.

"수상한 사람, 만나지 않았어요?"
라고 나는 물었다.

"아뇨."

그녀는 그날 밤처럼 멍한 눈으로 나를 바라보며 희미하게 고개를 저었다. 돌연 '그 남자가 아야코 씨가 말하던 형사가 아닐까?'라는 생각이 들었다. 그때, 약해진 나의 심장은 격심한 통증을 느꼈다.

검은 천을 씌운 전등 밑에서 기미코는 다리를 껴안은 채 멍하니 바닥 한군데를 쳐다보고 있다. 그녀의 몸이 그대로 얼어붙어 움직이지 못하게 된 게 아닐까, 라고 생각했다. (이 여자만 없다면…… 이 여자만 없다면……) 마음속 어딘가에서 그렇게 중얼거리고 있었다. 방으로 돌아와, 나는 먼저 작은 문갑을 살펴보았다.

이상하게도 작은 문갑은 늘 놓아두는 책상 위가 아니라, 뚜껑이 열린 채 의자 위에 놓여 있었던 것이다. 권총은 그대로 있었지만, 집을 비운 사이에 누군가 이 방에 들어와 문갑을 살폈던 것이 확실했다.

"기미코, 이거 만졌어요?"

나는 떨리는 목소리로 물었다. 기미코는 아무 대답도 없이 그 일본의 주문呪文을 단조로운 소리를 내며 외우고 있었다.

3

초인종을 눌렀지만 아무도 나오지 않습니다. 문 뒤에서는 소용돌이치는 바람소리가 들릴 뿐입니다. 그렇지만 형사가 나를 지켜보고 있다는 것은 알 수 있었습니다. 손가락을 떼지 않고 초인종을 계속 누르는 순간, 이제까지 깨닫지 못했던 생각이 뇌리 속을 스쳐지나갔습니다. (저 녀석이 이 길에서 듀랑 씨를 감시하고 있었던 것은 아닐까?)

어두운 유리문을 통해서 여자는 가냘픈 목소리로

"누구세요? 브로우 신부님?"

하고, 당신의 이름을 불렀습니다.

"저예요. 치바입니다."

나는 형사가 들으라는 듯 밝은 목소리를 가장하며 대답했습니다. 가능한 한 그에게 의심을 사지 않는 것이 듀랑 씨에게도 불리하지 않을 것입니다.

"치바? 어디의 치바 씬가요?"

"성당의 신자인 치바입니다."

촛불이 흔들리며 벽에 비친 한 중년 여자의 그림자가 크게 흔들렸습니다. 꾀죄죄한 옷과 몸빼를 입은 그녀는 유리에 얼굴을 대고 수상하다는 듯이 내 얼굴을 쳐다보았습니다. 한쪽 손에 든 촛불로 인해 그녀의 움푹 팬 눈가에는 짙은 그늘이 추하게 드리워져 있었습니다.

"신자 분이세요?"

순간, 그녀는 얼굴을 보기 흉하게 찡그렸습니다.

"남편은 자고 있는데요."

"부인, 수상한 사람이 근처에 있어요."

여자는 촛불을 입으로 불어 껐습니다.

"어디요? 정말이오?"

듀랑 씨의 상기된 목소리가 들려왔습니다.

"문 뒤에요, 듀랑 씨."

검은 천을 씌운 전등이 갑자기 켜지더니 덜커덩거리며 뭔가를 감추는 소리가 났습니다. 돌연 구역질이 날 것 같은 이상한 냄새가 났습니다. 낡고 썩은 집 냄새는 아닙니다. 맡아 본 적이 없는 냄새였습니다.

……

"형사, 어디에 있었죠? 얘기해 주세요. 어디 있었습니까?"

그 얼굴은 이미 공포로 인해 추하게 일그러져 있었습니다. 노란 물이 든 손수건으로 입을 가린 듀랑 씨는 나와 옆의 창을 번갈아 살폈습니다. 동상으로 부어 짓무른 자색의 손가락은 알코올중독 때문인지 가늘게 떨고 있었습니다.

"문 근처에요. 니시미야서西에서 나왔다고 합니다만
……."

그 말에는 반응 없이 노인은 개처럼 무릎으로 기어 유리문으로 다가오더니, 거기에 얼굴을 대고 주위를 살폈습니다. 바람결에 소란스러운 소나무 밭 소리가 어둠과 추위를 한층 더 깊게 할 뿐입니다. 낡아 해진 가운 자락으로부터 새 다리처럼 뼈가 불거진 노인의 맨발이 드러나 있었습니다.

(한때라 할지라도, 이 남자는 사제였던 것이다. 제대에서 포도주를 그리스도의 피로 변화시키고, 사람들의 죄를 사해 주었던 사람이었던 것이다)

신부님, 나도 이 순간만은 격한 증오심을 느꼈습니다. 듀랑 씨에게만 증오심을 느꼈던 것은 아닙니다. 만일 정말로 하느님이 계신다면, 하느님은 왜 이 유다를, 두려움에 떨며 기어 다니고 있는 이 추악한 노인에게 많은 사람들의 고통과 슬픔을 나누게 하는 고귀한 사제의 지위를 주시어, 농락하셨던 겁니까?

"형사였습니까? 일본 말로 뭐라고 부릅니까? 헌병은 아니었습니까?"

갑자기 바람이 불어 창이 조금씩 흔들릴 때마다 그는 움찔하며 몸을 경직시켰습니다.

"그 사람들이 온 게 아닐까? 안 돼! 난 끌려가면 안 돼! 난 혼자가 아냐. 기미코가 있다고."

나는 마음속으로, 아직 한 번도 본 적 없는, 이 노인이 사제였던 시절의 모습을 떠올려 보려 했습니다. 빨간 제의를 입은 그가 미사를 바치고 있습니다. 그리스도와 교회를 위해 고문 받은 순교자들이 흘린 피를 상징하는, 그 불타오르는 듯한 주홍빛 제의입니다. 죽음과 신음소리로 가득한 골짜기에서 적어도 그 순간, 듀랑 씨는 십자가에 모든 인간의 고뇌를 위탁하고 있었을 것입니다.

(던지지 마. 나, 늙은이야)

나는 옛날에 그랬듯이 이 노인을 괴롭히고 싶은 기분에 사로잡혔습니다.

"듀랑 씨, 의심 받을 일이 없다면, 형사라 할지라도 고문까지는 하지 않겠죠."

"의심 받는다니? 나는 아무 짓도 안 했어요."

"그럼, 걱정할 거 없겠네요."

"아닙니다. 일본 경찰은 무슨 말을 해도 믿지 않아요. 삼일 전, 그 사람들, 우리 집 안을 수색했어요."

그것을 증명이라도 하려는 듯 그는 방 한쪽 구석에 가만히 앉아 있는 여자 쪽을 돌아보았습니다. 그녀는 아까부터 한마디도 끼어들지 않고, 가만히 앉은 채 낡아 해진 다다미의 한곳을 응시하고 있었습니다. 벽에 투영된 그녀의 그림자는 영원히 얼어붙은 듯했습니다.

"그럴 수가"

나는 입술을 일그러뜨리며 답했습니다.

"수색영장도 없이 말입니까?"

"우린 외출 중이었어요. 아리마有馬로 물건을 사러 갔었지요. 돌아와서 알았습니다. 형사들이 우리 모르게 집 안을 조사했지만…… 기미코도 나도 금방 알아챌 수 있었지요."

"확실히 형사들입니까? 니가와에서도 요즘은 누구나 먹을거리가 필요하니까요."

"먹을거리를 노린 게 아닙니다."

"설혹 집 안을 조사했다 해도 듀랑 씨에게 아무 잘못이 없다면……"

노인은 양 주먹으로 자신의 관자놀이를 꽉 누르며 고개를 흔들고는 갑자기 하얀 눈으로 나를 바라봤습니다.

"당신, 정말 신자입니까?"

"기억 안 나세요? 제가 갓난아이였을 때 당신이 세례를 주신 치바의 아들입니다."

나는 얼굴을 가까이 내밀었습니다.

"아!"

뒤랑 씨는 오래된 기억 속에서 자신이 성수를 부은 어린 아이를 기억하려고 수염으로 둘러싸인 입을 희미하게 움직이며 뭐라고 중얼거렸습니다.

"당신의 어머니도, 이모도 기억하고 있습니다. 어쨌든 오래된 옛날입니다."

미지근하고 통통한 손바닥으로 내 손을 감싸 쥐고, 노인은 뭔가를 생각했는지 내게 바싹 다가왔습니다.

"금고가 열려 있었어요. 권총이 발견됐어요."

뜨거운 입김이 담긴 한숨을 내쉬면서 노인은 자신에게 타이르기라도 하듯이 작은 소리로 중얼거렸습니다.

"쌀과 옷은 그대로였어요."

"권총이라고요?"

"나에게도 잘못이 있어요. 전에 브로우 신부님이 내게

권총을 맡겼었어요. 인도지나에 있었던 그로서는 필요했었겠지요.”

“브로우 신부님이 듀랑 씨에게요?”

무심결에 나는 기미코 쪽을 돌아보았습니다. 순간, 그녀의 몸이 떠는 듯했습니다. 그리고는 증오라고도 분노라고도 할 수 없는 눈초리로 다시 다다미의 한곳을 응시했습니다.

“알겠습니까? 브로우 신부님이…… 성당에는 헌병이 이따금 오기 때문에 문제가 될 수 있다며, 내게 맡아 달라고 부탁했어요. 알겠어요?……”

“듀랑 씨가 왜 그런 걸 맡았습니까?”

“그 사람이 매달 내게 생활비를 줘요. 당신이 내 사정 알고 있을 테지만요.”

……노인의 집을 나오자 검은 바람이 세차게 불어대며 얼굴에 부딪쳐 왔습니다. 나는 단지 그 집에서의 냄새를 씻어내고 싶어 숨 가쁘게 바람을 가득 들이마셨습니다. 신부님, 듀랑 씨 집의 구역질나는 냄새는 결코 썩은 집 냄새가 아니었습니다. 만일 죄라는 것에 냄새가 있다면, 증오, 질투, 저주에 냄새가 있다면, 바로 그 냄새가 아닐까요? 귓가에 와 닿은, 뜨거운 듯한 입 냄새도 그 숨결도 아직 남아 있었습니다.

나도 성당으로 찾아가 어젯밤의 일에 대해 당신에게 이야기해야 할지 말아야 할지, 그 정도는 생각했습니다. 듀랑 씨가 한 말이 얼마만큼 신빙성이 있는지 알 수 없습니다. 알 수는 없지만, 만일 그것이 정말이라 하더라도 그 노인은 초면인 나에게 신부님의 비밀을 경솔히 얘기했습니다. 경찰의 고등계 형사, 고베의 헌병이 그를 협박한다면, 배교자는 자신의 신변보호를 위해서 무슨 말이든 털어놓을 것임에 틀림없습니다. 그 정도는 알고 있었습니다. 하지만 나는 당신에게 가지 않았습니다.

　(오늘 가지 않아도 괜찮아. 몸이 피곤한 걸)

　침대에 누운 채 약한 겨울 햇살이 비치는 한적한 정원과 담장 밑에 거무스름하게 남아 있는 얼어붙은 눈을 바라보며 나는 중얼거렸습니다. 이튿날이 되었습니다.

　(내일 가자. 형사는 아직 안 오겠지)

　창 밖에는 지난번 이토코와 키스를 했던 저녁과 마찬가지로 잿빛의 바람이 불어옵니다. 그 먼 옛날부터 바람은 조용하고 애절한 소리를 내며 가끔씩 창을 흔들었고, 앞으로도 변함없이 불어대겠지요. 눈을 감으면, 도쿄의 불탄 들판에서 갈색 모래 먼지가 일다가는 스러지고 또 다시 이는 그 풍경이 희미한 색깔을 띠며 떠올랐습니다. 나는 그 일도 당신의 운명도 조금씩 멀리 밀어내며 모래 먼지가 쌓여 덮이도록 내버려 두었습니다.

(이제는 자신의 운명에 대해서도 무관심한 내가)

나는 마음속에서 이렇게 속삭이는 소리를 들었습니다.

(듀랑과 브로우의 일이 무슨 관계가 있겠어. 늦든 이르든, 사람은 운명에 맡겨져 있으니까)

일요일 저녁마다 이토코는 영원한 과제라도 되는 것처럼 가와니시의 공장 일을 끝내고 나를 방문합니다. 그녀가 이제는 나를 사랑하고 있다고 생각되지 않았습니다. 그럼에도 불구하고 이토코는 마음 내키지 않는 의무나 숙명을 완수하듯, 괴로운 듯이 눈을 감고 내 팔에 안겼습니다.

수요일과 금요일에는 고토엔甲東園의 병원에 갑니다. 결핵전문 의사인 숙부가 세운 작고 오래된 요양소입니다. 이 병원에는 중환자만이 입원할 수 있었는데, 그들은 오랫동안 손질하지 않아 창유리도 군데군데 깨진 큰 방에서 얼굴을 위로 향한 채 가만히 누워 있었습니다. 그들 대부분이 1년이나 2년 후에는 쇠약해져 죽음을 맞이하리라는 것은 의학생인 나로서도 확실히 알 수 있었습니다. 병에 필요한 영양섭취는, 배급 형편이 좋지 않아 분식과 월 한 차례 나오는 버터만으로는 매우 부족했습니다. 진찰하는 숙부 뒤에서 진료기록표를 손에 들고 서 있던 나는, 그들이 누렇고 거무스름하게 변한 얼굴을 이따금 바깥으로 돌려, 열이 오른 희미한 눈으로 창 너머에 서 있는 메마른 오동나무 한 그루를 쳐다보고 있는 것을 알아챘습니다. 그 모습, 그 시선은, 황혼녘에 나의 팔에 안기면서 메마른 겨울 정원에 차갑고 어두운 눈길을 던지던 이토코를 그리고 나 자신의 병을 떠올리게 했습니다.

심한 피로는 전쟁과 병 때문인지, 아니면 내 자신의 본질적인 것인지 모르겠습니다. 하지만 생각해 보면, 어느 사이엔가 내가 당신의 가톨릭 신앙으로부터 떠난 것은 역시 오랫동안 느껴온 이 피로 때문이 아닐까요? 백색인인 당신은 신神의 존재와 부재 사이에서 방황하고, 죄악과 싸우고, 죽음에 도전합니다. 신부님, 당신은 옛날 신자들에게 자주 이런 말을 하곤 했습니다.

"영혼이란 투쟁의 장소입니다. 가톨릭은 역동적인 교회입니다."

하지만 나는 이제 어떤 일에도 정열을 느낄 수 없으며 꼼짝도 하고 싶지 않습니다.

그러던 어느 날, 병원에 가려고 듀랑 씨 집 뒤편의 소나무 숲을 지났습니다. 그때 경계경보가 울린 듯한데, 나는 늘 그랬듯이 철모도 방공두건도 휴대하지 않은 상태였습니다.

어딘가에서 금속을 부딪는 듯한 날카로운 소리가 났습

니다. 눈을 들어 보니 적기 한 대가 가부토야마 중턱을 지나 빠른 속도로 잿빛 하늘을 날아가는 것이 보였습니다.

"가와니시의 공장에 대한 정찰이 시작됐군."

나는 멈춰 서서 잠시 산 뒤쪽으로 사라진 비행기의 자취를 찾았습니다. 적기를 겨냥한 고사포 소리 하나 나지 않는 우울한 오후였습니다.

"니가와에도 머지않아 B29가 올지 모르겠군."

그 또한 이제 피할 수 없는 사실처럼 생각됩니다. 갑자기 열차가 달리는 듯한 시끄러운 소리가 머리 위로 스치고, 잡목 숲의 마른 잎이 시끄러운 소리를 냈습니다. 내가 나뒹군 것과 동시에 커다란 새의 날개처럼 생긴 그림자가 길 위를 스쳐 지나갔습니다. 나뒹굴면서 나는 눈앞의 방공호처럼 생긴 고분 속으로 몸을 던졌습니다. 새의 날개처럼 생긴 그림자가 길 위를 스쳤습니다. 총소리는 들리지 않았지만, 그라망기機가 나를 노렸던 것은 확실했습니다.

죽음이 뇌리를 스쳤습니다. 그럼에도 불구하고 이 고분의 썩은 흙 냄새 속에서 죽음은 자연스럽게 느껴졌습니다. 그라망의 움직임, 기계음만이 이 감미로운 죽음을 어지럽혔습니다.

4

듀랑 신부의 일기

12월 15일

정신을 차려 보니 크리스마스까지 앞으로 열흘이 남았다…….

어린 시절 그리고 신학생 시절, 리옹에서 지냈던 나의 크리스마스. 도시란 도시에는 모두 촛불이 켜지고, 그 불빛들이 론 강의 푸른 수면에서 반짝반짝 빛나고, 색색의 크리스마스 등불로 장식된 음식점 창가로 무럭무럭 김이 나는 커다란 칠면조가 놓이고, 어느 가게에서나 제각각의 크리스마스 장식물이 빛나고, 선물을 사러 다니는 사람들이 무리를 이룬다. 거리 어딘가에서 폭죽 소리, 젊은 아가씨들의 밝은 웃음소리가 들려온다. 성 요한 대성당으로부터 자정을 알리는 종소리가 난다. 그러자 그것을 신호로 성 베르나르 성당, 성 보나벤뚜라 성당, 성 프란시스 성당…… 리옹의 모든 성당의 종은 환희에 몸을 떨며 별들이 반짝이는 밤하늘을 뚫고 드높은 호산나의 노랫소리를 푸르비에르 언덕까지 울려 퍼지게 하는 것이다.

본 노엘! 본 노엘!…… 사람들은 길모퉁이에서도, 성당의 출구에서도 손뼉을 치며, 서로 입을 맞추고…… 먼 옛날의 일이다. 하느님은 한 번 그를 배신한 자에게는 전혀 축복도 희망도 허락하지 않는다. 크리스마스의 기쁨도 내게는 거부되어 왔다. 하느님은 죄인을 지옥 속에서 천년, 만년만 괴롭히는 것이 아니다. 저주 받은 자는 영원히 고통과 가책을 맛보지 않으면 안 된다. 나는 큰소리를 내어 뭐라고 소리쳤다. 자신이 미친 것이 아닐까, 하고 생각했다. 돌아보니 기미코가 부엌의 문지방에 서서 나를 쳐다보고 있었다. 동물처럼 멍하고 무감동한 그 눈을 보았을 때 나는 왠지 그녀에게 증오심을 느껴 그 얼굴을 때렸다. 하지만 바닥에 쓰러진 기미코는 여전히 멍하고 무감동한 눈으로 나를 쳐다보고 있었다.

12월 16일

저주 받은 자여, 나를 떠나 악마와 그 무리들을 위해 준비된 영원한 불 속으로 들어가라. 유다, 은화를 성전 문에 던지고 물러가 스스로 목을 맸다. 나는 밤에 집 밖에서 나는 발소리를 또 다시 들었다. 그 소리는 오랫동안 사라지지 않았다.

12월 17일

'물러가 스스로 목을 맸다.' 나도 왜 그러지 못하는 것인가. 그렇게 하는 것은 그다지 어려운 일이 아닐 것이다. 하지만 하느님이 배신자를 죽은 후에도 추궁한다고 한다면, 나는 이 모욕 가운데서 살아가는 편이 낫다. 내가 얼마나 생에 집착하고 있는지, 그 비참한 모습은 나 자신이 가장 잘 알고 있다. 어젯밤에 들은 발소리는 일본 헌병과 형사의 발소리는 아니다. 내가 지옥에 대해 느끼는 공포의 울림이다.

형사라고 하면, 오늘 밤에도 나를 두려움에 떨게 한 사건이 있었다. 변변치 못한 저녁(아리마에서 사온 감자 세 개)을 마친 후, 기미코와 일본의 고다츠*에 발을 넣은 채 묵묵히 마주 앉아 있었다. 나로서는 기미코가 무슨 생각을 하는지 알 수 없다. 내게 매 맞고 욕설을 당해도 묵묵히 받아들이며 전형적인 동양인의 가늘고 긴 모호한 눈으로 내 얼굴을 가만히 쳐다볼 뿐이다. 그것은 사랑이 식은 백인 여자들의 차가운 눈은 아니다. 뭔지 모르지만, 나로서는 이해할 수 없는 무감동한 빛을 띠는 눈이었다.

* 역주—일본의 전통난방기구이다. 전열식으로, 앉은뱅이 사각 테이블에 얇은 이불을 씌워 보온을 유지시킨다.

오늘 밤도 나는 그녀에게, 내가 미우면 밉다고 말하라고 다그쳤다. 그녀의 인생이 파괴된 이상으로 나는 이 여자 때문에 내 인생이 틀어졌다. 그런데도 불구하고 이 여자는 오로지 입을 다물고 있을 뿐이다……. 만일 초인종이 울리지 않았다면 나는 기미코를 계속 때렸을지도 모른다. 초인종은 요란스럽게 두 번 울렸다. 나는 등불을 끄고, 암흑 속에서 권총을 숨겨둔 문갑을 재빠르게 더듬었다.

하지만 기미코와 이야기하고 있는 것은 낯선 한 학생이었다.

"형사가 뒤쪽에 숨어 있습니다. 조사를 받았거든요. 당신 집을 감시하고 있어서 알려드리려고요."

숨을 몰아쉬며 그는 낮은 소리로 사과했다.

장황한 그 변명은 아무래도 상관없었다. 내게는 문기둥 뒤에 아직 몸을 숨기고 있을 또 한 사람이 훨씬 중요했던 것이다. 하지만 검은 바다가 술렁이는 듯한 소리를 내며 숲을 빠져 지나가는 바람소리 외에 아무 소리도 들을 수 없었다.

브로우 신부에게서 받은 포도주 한 잔이 가까스로 마음을 진정시켰을 때, 나는 새삼스럽게 이 청년을 바라보았다. 먼 옛날 어딘가에서 본 듯한 얼굴이었다. 안경을 쓰고, 볼의 살이 빠진, 어디서나 볼 수 있는 얼굴, 학생 티와 인텔리 티라고는 전혀 나지 않는 멍청한 얼굴인 것이다.

이 청년의 눈도 작고 흐리멍덩했다. 기미코의 눈처럼. 정열이 사라진 멍한 그 눈의 빛깔을 바라보면서 나는 문득 나를 찾으려고 온 앞잡이가 아닐까, 하는 의혹에 사로잡혔다. 일본 경찰이 어린아이 같은 그런 술책을 쓰지 않는다고 장담할 수 없을 것이다.

그런 생각이 들자, 그것에 맞설 대안 한 가지가 머리에 떠올랐다. 나는 매우 두려움에 떠는 척하며, 그가 경멸의 감정을 불러일으키도록 시도했다. 그리고 불안에 사로잡혀 모든 사실을 털어놓는 것처럼 일을 꾸미기로 했다.

"권총을 내게 맡긴 것은 브로우 신부입니다. 그가 인도지나에서 구입했던 거예요. 그 사람한테서 여러 가지로 도움을 받고 있는 나로서는 그의 부탁을 거절할 수가 없었어요. ……당신도 잘 알겠지만."

이 말은 막힘없이 내 입술에서 새어 나왔다. 치바라는 그 청년이 과연 경찰의 스파이인지는 모르겠다. 그가 얼마나 내 말을 믿어줄지도 알 수 없다. 하지만 그런 건 아무래도 상관없는 것이다. 머지않아 내가 그 권총 건으로 구속되었을 때, 어쨌든 그 말은 내 신변 안전에 도움이 되어 줄지도 모른다.

청년이 돌아간 뒤, 나의 가슴은 브로우 신부를 배신한

양심의 가책에 시달렸다. 하지만 한편으로 마음속 어딘가에는 어찌 되었든 살길을 찾았다는, 은밀하고 어두운 희열이 있었다. 나는 기미코를 돌아보았다. 그녀는 한마디도 하지 않고, 어두운 전등 빛 아래에서 그 둔하고 무감동한 눈으로 나를 쳐다보고 있었다.

12월 18일

나는 기미코의 몸을 흔들면서 소리쳤다.

"왜, 잠자코 있습니까? 난 브로우를 배신했어요. 8년간 은혜를 베풀어 준 사람을 유다처럼 팔았습니다. 미워하세요. 왜 나를 그런 눈으로 쳐다봅니까?"

큰소리를 내며 나는 웃었다. 웃으면서 자신의 얼굴이 경대에 비치고 있음을 느꼈다.

"아무렇든 상관없어요. 어차피 나는 당신네 서양인처럼 교회에 대해 아는 것이 없는 바보 같은 여자니까요."

기미코는 내가 흔드는 바람에 흩어진 머리카락을 쓸어 올리며 중얼거렸다.

"어째서 하느님과 교회를 잊지 못하나요? 잊으면 되잖아요. 당신은 교회를 버렸잖아요. 그러면서 왜, 언제까지나 그것에만 매여 있는 거죠? 오히려 '나무아미타불'이라고 하기만 하면, 용서해 주는 부처님 쪽이 얼마나 좋은지 몰라요."

나는 일어나 망연히 기미코의 얼굴을 쳐다보았다. 화가 나서 내뱉은 기미코의 이 말은 돌연 계시처럼 내 마음을 찔렀다.

하느님을 배신하고 교회를 버린 지난 8년간, 나는 악몽처럼 하느님의 벌에 시달렸고, 참을 수 없는 고통을 받아왔다. 나는 자신을 파문한 교회를 미워하고, 그것을 부정하려고 해 보았지만, 한순간도 하느님을 잊을 수는 없었다.

하지만 기미코의 말대로 그 하느님을 잊는다면, 그로부터 해방된다면, 더 이상 벌에 대한 두려움도, 죽음에 대한 공포도 없어진다는 점을 알아차리지 못했던 것이다.

선교한 지 12년, 비로소 오늘 나는 이방인의 (즉 하느님을 모르는 사람들의) 행복을 알았다. 그것이 행복인지 아닌지, 나로서는 단언할 수 없다. 하지만 기미코와 어제 찾아온 치바라는 청년이 지니고 있는 그 동양인 특유의 가늘고 긴, 멍한 눈의 비밀만은 알 듯한 느낌이 든다. 둔한 광택을 띤 그들의 눈은, 죽은 작은 새의 눈을 생각나게 한다. 그 멍한 시선에는 우리 백인이 왠지 기분 나쁘게 느끼는 무감동한 것, 비정한 것이 있는 것이다. 그것은 하느님과 죄에 무감각한 눈이고, 죽음에 대해 무감동한 눈이었다. 기미코가 때때로 외우는, '나무아미타불'은 우리가 바치는 기도 같은 것이 아니라 죄의 무감각에 어울리는 주문이다.

나는 창에 얼굴을 대고 오랫동안 멍하니 납빛의 겨울 하늘을 바라보았다. 햇살이 비치고 있는지 아닌지, 전혀 판단할 수 없는 답답한 하늘이었다. 이것이 일본의 하늘이었다…….

오늘부터 나는 구원될지도 모른다. 하지만 그것은 지금껏 내가 자라온 백인들의 방법과는 전혀 상반된 이방인의 방법을 통해서일 것이다. 그 멍하고 생기 없는 눈으로, 서서히 하느님을 잊고 죄를 거듭 지으면, 결국 죽음에 대해서도 죄에 대해서도 무감동해져 갈 것이라는 것을 나는 비로소 깨달았다…….

12월 20일

브로우가 성당에서 새벽 미사를 바치는 시간은 6시 반부터 7시 반 사이이다. 그 사이에 나는 사제관에 숨어들어, 그의 서재 어딘가에 권총을 놓고 나오지 않으면 안 된다.

물론 8년 전에 내가 기거했던 사제관이기 때문에 그 내부는 손에 잡힐 듯이 익히 알고 있다. 현관을 들어서면 바로 복도, 복도의 오른쪽은 응접실로 되어 있다. 브로우의 서재는 그 응접실 옆인데, 운 나쁘게도 서재에서 무슨 소리라도 낸다면 수상하게 여겨 문을 열지도 몰랐다.

내가 성당에 도착했을 때, 늘 그러했듯이 아직 스테인드 글라스만이 우윳빛으로 물들어 있을 뿐 컴컴한 성당 안에서는 미사가 진행 중이었다. 등화관제로 말미암아 전등을 켜서는 안 되기 때문에 제대에 놓인 두 개의 촛불이 빛을 발하고 있을 뿐이었다. 그 촛불 밑에서 브로우가 복사에게서 포도주를 받아 성작에 붓고 있는 참이었다. 성당 안에서 합장을 한 채 무릎을 꿇고 있는 사람은 전부터 그래 왔듯이 아야코 씨와 이시타 씨 그리고 두세 명의 완고하며 착한 노인들뿐이다.

입구에서 나는 일부러 발이 걸려 비틀거리는 척했다. 그 소리가 크게 울리며 텅 빈 성당 안에 울렸다. 물론 아야코 씨는 뒤쪽을 쳐다보며, 안경 너머로 나를 밉살스럽다는 듯한 눈으로 쳐다보고는, 다시 미사 책에 고개를 박았다. (이로써 그녀들은 미사 중에 내가 기둥 뒤에서 범죄자처럼 서 있었다고 생각하겠지)

나는 구두 소리를 죽이며 한발 한발 입구로 물러났다. 어쨌든 이로써 알리바이는 성립된 것이다. 아침 햇살이 비치는 뺨에 따끔따끔 새벽 냉기가 와 닿았다. 어딘가에서 개가 짖고 있었다. 하늘을 올려다보니 별이 희미하게 빛나고 있었다.

사제관의 창에서 희미한 램프 불빛이 보이고, 가정부가

물을 붓는 소리가 들린다.

현관도 복도도 불이 꺼져 있다. 나는 재빨리 구두를 벗고, 손으로 더듬어 가며 벽을 따라 발끝으로 살금살금 어둠 속을 걸어 앞으로 나아갔다. 응접실 앞에까지 왔을 때, 식당에서 접시를 정리하는 소리, 가정부가 뭐라고 중얼거리는 작은 소리가 새어 나왔다. 나는 숨을 고르며 그녀가 부엌으로 되돌아가기를 기다렸다. 곧 영성체 시간이 되기 때문에 빨리 일을 처리하지 않으면 안 될 것이다. 금요일이 아닌 오늘은 베네딕숀은 하지 않을 것이다. 그렇다면 브로우가 사제관으로 돌아오기까지는 10분도 채 남지 않은 것이다.

단숨에 서재 입구까지 걸어가 손잡이를 돌렸을 때, 무릎이 심하게 떨렸다. 브로우가 서재를 잠가 두었던 것이다. 그뿐만 아니라 식당에서는 다시 가정부가 여기저기 움직이는 발소리가 나기 시작했다. 지금 만일 그녀가 복도로 나오면 나는 발각된다. 이를 악물면서 나는 오랜 기억 속에서 응접실과 서재 사이에 다른 입구가 있다는 것을 생각해 냈다…….

……브로우의 서재에 들어섰을 때, 나는 잠시 문에 기대어 헐떡였다. 그리고 마음을 가다듬고 외투 사이의 주머니에서 손수건으로 싼 브로우닝 권총을 꺼냈다.

이미 창은 서서히 밝아오고 있었다. 정원 안쪽에 있는 루르드 성모상 근처만이 잿빛을 띠고 있다. 성당에서 미사가 끝나는 것을 알리는 종소리가 울렸다. 회중전등 불빛 밑에서 나는 그의 커다란 책상 위에 조잡한 십자가와 브륀슈빅크판의 팡세 한 권이 펼쳐진 채 놓여 있는 것을 알아차렸다. 그『예수의 신비』라는 책의 몇 구절에 붉은 연필로 아무렇게나 줄이 그어져 있었다.

「슬픔에 잠긴 예수」

(그리스도는 유다의 마음속에서 적의敵意를 보지 않고, 자신이 사랑하는 신神의 명령을 보고, 그것을 말씀하신다. 왜냐하면, 유다를 친구라고 부르기 위해서이다)*

---

* 역주－파스칼의『팡세』에는 여러 판(版)이 있다. 초판은 파스칼의 사후 남겨진 초고를 유족들이 베낀 제1사본과 제2사본을 토대로 한 볼로얄판(版)이고, 파스칼 사후 7년이 경과한 1670년에 발간되었다. 당시의 상황 때문에, 이 초판에는 예수회를 비판하는 내용과 얀세니즘을 옹호하는 문장은 제외될 수밖에 없었다. 그 후 1776년에 초판에서 제외된 문장의 단편을 보충하여 발간한 것이 Condrcet판(版)이다.

　1844년, 그때까지의 제판(諸版)은 제외되거나 가필된 내용이 있기 때문에 새로 파스칼의 초고(草稿)에 충실한 판을 작성해야 한다는 점이 프랑스 학술원에서 제의되고, 그로 인해 1844년 Fangēre판(版)이 발간되었다. 그 후 1897년에 Brunschvicg판(版)이 발간되었는데, 이 판은 일반 독자가 보다 쉽게 이해하도록 편집되었기 때문에 가장 많이 읽히는 판이라고 한다.

(예수는 세상 끝날 때까지 고뇌하실 것이다. 그때 우리는 잠들어 있어서는 안 된다)

서랍은 모두 잠겨 있었다. 등 뒤 책장의 유리문도 굳게 닫혀 있었다. 내가 미친 듯이 손으로 손잡이를 다시 한 번 힘껏 당겼을 때, '삐익' 하고 소리를 내며 그 유리문이 열렸다. 브로우답게 내부에는 검은 표지의 회계장부와 신자 주소록, 그리고 카드 상자 몇 개가 깨끗이 정돈되어 놓여 있었다.

나는 지문이 묻지 않도록 손수건에 싼 권총을 그 서류 깊숙이 밀어 넣고, 손수건만을 빼내어 챙겼다.

미끄러지듯 서재를 빠져나와 다시 복도를 건널 때까지 가정부에게는 들키지 않았다고 생각한다. 하지만 동이 터오는 밖으로 나왔을 때 나는 아연실색했다. 책장 문을 닫지 않았다는 것이 그때 생각났기 때문이다.

본 소설 『신들의 아이(황색인)』에서 엔도 슈사쿠가 인용하고 있는 「슬픔에 잠긴 예수」는 제2사본에서는 삭제된 부분이었으나, Brunschvicg판(版)에는 수록된 내용이다. 엔도는 이 Brunschvicg판(版) 중에서 「슬픔에 잠긴 예수」를 인용하였으며, 이 내용은 제553절에 해당한다.

5

일기를 보시면 듀랑 씨가 20일 아침, 사제관에 권총을 감추기 위해 갔다는 것을 알 수 있으시리라 생각합니다. 그리고 노인은 그날 오후, 내가 사는 집으로 찾아왔습니다. 날짜를 기억하고 있는 것은, 마침 그 20일에 병원에서 중환자 한 사람이 죽어, 숙부의 명으로 사망 증명서를 대필한 기억이 있기 때문입니다.

환자는 벌써 3년이나 이 병원의 독실에 누워 있던 고베 상대商大의 학생이었습니다. 이미 균이 후두부까지 침투한 상태였기 때문에 숙부도 손을 쓸 수 없었을 겁니다. 숙부는 고작해야 칼슘 주사를 놓아줄 뿐으로, 그 다음은 안정을 취하도록 지시했습니다. 뢴트겐으로 보면 좌우에 커다란 공동空洞이 두 군데, 그 외에도 많은 곳에 전이되어 있었습니다.

그런데도 불구하고 이 남자는 근근이 생명을 유지하고 있었습니다. 무리를 하면 열이 나는 상태였고, 열이 나지 않을 때에는 후두 결핵의 특징인 낮고 쉰 목소리로 간호부를 상대로 이야기를 하거나, 드러누운 채 노트에 뭔가를 적었습니다.

"앞으로 2년은 살 수 있겠지요?"

청년은 농담이라고도, 자조라고도 할 수 없는 그런 말을 오전에 검진하러 간 숙부와 내게 말했습니다.

"몸이 건강해봤자 전쟁에 끌려가서 죽을 테니까요. 건강하든 않든 오래 살 수는 없잖아요."

19일 아침부터 그는 돌연 침묵을 지키며, 고통스러운 듯이 침상 위에 꼼짝하지 않고 누워 있었습니다.

(임종이 가까웠군)

숙부는 검진을 한 후, 기분 나쁘게 나의 얼굴을 쳐다보았습니다.

"부모들은 피난을 간 것 같으니까 전보를 쳐서 알리는 게 좋겠어."

복도에서 사무적으로 간호사에게 그렇게 말을 내뱉고, 숙부는 자리를 떠났습니다. 저녁이 되어 병실에 들어가니 청년은 아침 그대로의 자세로 침상에 누워 있었습니다. 나를 보자 하얀 눈을 살짝 뜨더니 피곤한 듯이 다시 감았습니다. 저녁녘의 약한 햇살이 비스듬히 창으로 흘러 들어와, 바닥에 하얗고 둥근 몇 개의 얼룩을 만들고 있었습니다. 이마에 손을 댔지만 열은 없었습니다.

잠시 동안 침대 가에 걸터앉아 있었습니다. 얼음주머니에 가느다란 목과 커다란 머리를 올려놓은 채, 가냘픈 숨을 쉬고 있는 이 야윈 육체를 내려다보면서 어딘가에 이와 같은 모습이 있었다는 것을 떠올렸습니다.

그것은 그 건물 잔해 가운데서 쇠약해져 죽어 있던 노인의 모습이었습니다.

밤이 되었습니다. 모포로 다리를 감싼 나는 뼈와 가죽뿐인 청년의 손목을 잡고 맥박을 쟀습니다. 경우에 따라서는 숙부와 간호사를 부르지 않으면 안 되었던 것입니다.

확실히 맥박은 이상을 보이기 시작했습니다. 맥박은 손가락 끝에서 느껴지는가 싶더니 끊기고, 다시 한 번 두 번 아주 약하게 뛰었습니다.

호출기는 바로 눈 위에 있었습니다. 그것을 누르면 간호사와 숙부가 마지막 캄플 주사와 산소 호흡기 설치를 위해 오리라는 것은 알고 있었습니다. 하지만 나는 왼손으로 환자의 손목을 잡은 채, 멍하니 그 호출기의 버튼을 바라보고만 있었습니다.

(손을 약간만 내밀면 된다)

하지만 왠지 움직이기 싫었습니다. 육체의 피곤만이 아니라 납처럼 무거운 무엇인가가 팔을 내리누르고 있어 버튼을 누를 어떤 힘도 생기지 않았습니다.

(죽는구나)

맥박이 끊기다 이어지다 했습니다.

(역에 있던 노인도 이 청년도 죽는군)

도쿄의 불타 버린 들판에서 갈색의 모래 먼지가 일다가는 스러지고 또 다시 이는 광경이 눈에 떠올랐습니다.

다음날 오후, 지쳐서 집으로 돌아왔습니다. 침대에 누워 어젯밤의 청년에 대해 생각했습니다. 정원에는 여전히 거무스름해진 잔설이 남아 있었습니다. 바람은 어제와 그제처럼 띄엄띄엄 창을 울리고 있었습니다. 그날 저녁에 듀랑 씨가 저를 찾아왔던 것입니다.

그는 손가락 끝으로 창을 두드렸습니다. 벽난로와 침실 사이에 있는 불란서식의 창을 통해서 나는 그의 노란 구레나룻 속에 숨겨진 조소를 보았습니다.

"마침 이 근처까지 온 김에 들렀어요. 알다시피 나, 친구가 없잖아요."

벽난로에 말리고 있는 호박을 손에 들고, 노인은 장난을 쳤습니다.

"요즘은 호박밖에 먹을 것이 없습니다."

"형사는 오늘 오지 않았습니까?"

나는 불쾌하게 물었습니다.

"그날 밤, 당신은 당황했었죠?"

"누구나 당황하지요."

파이프에 손가락을 끼면서 듀랑 씨는 고개를 흔들었습니다.

"당신도 당황하고 있지요?"

그가 내 귓가에 내뱉은 입 냄새와 그 집의 역한 냄새가 다시 코를 찌를 듯했습니다.

"나는 이제 권총을 가지고 있지 않으니까요."

나는 며칠 전 밤처럼 이 노인을 괴롭히고 싶은 어두운 충동에 서서히 휘말려 들어갔습니다.

"혹시 그거, 당신 것 아닙니까?"

뒤랑의 뺨에서 갑자기 희미한 조소가 사라졌습니다. 파이프를 쥔 채 그는 서서히 등 뒤 어둠 속으로 물러났습니다.

"당신도"

노인은 숨을 삼키고는 낮은 소리로 중얼거렸습니다.

"형사에게 알려지면 곤란한 일, 없습니까?"

"뭐가요?"

"당신은 군대도 안 가고, 공장에서 일도 안 하면서 니가와로 돌아온 후 놀고 있습니다. 일본 경찰은 그런 사람을 어떻게 할까요?"

뒤랑 씨가 나를 협박하러 왔다는 것을 알았습니다. 브로우 신부님, 그 권총의 일을 당신에게 알리지 말 것, 그것이 그의 교환조건이라는 것도 알았습니다.

"거래를 하자는 겁니까?"

"거래라니, 그게 무슨 말입니까? 당신은 형사에게 거짓말을 했을 테지요. 내게 불란서어를 배우고 있다고 말에요. 하지만 그 일로 내가 경찰에게 조사받게 되면, 당신이 거짓말했다는 것은 곧 들통 날 겁니다."

우습다는 듯이 그는 빈정거렸습니다.

"거래하겠다면, 이 호박을 팔아요. 기미코가 먹을거리가 없어 매우 힘들어하고 있으니까요."

듀랑 씨는 그렇게 말을 내뱉고는 몸을 휙 돌려 어둠 속으로 사라졌습니다.

듀랑 씨의 협박 따위는 별거 아닙니다. 그는 나의 병에 대해 몰랐습니다. 하지만 그렇다 하더라도 나는 당신에게 그 일을 알릴 마음이 점점 없어졌습니다. 바보스러운 짓인지는 모르겠지만, 귀찮은 사건에 휘말리는 것이 싫었습니다.

"크리스마스 날에, 사에키佐伯가 히메지에서 돌아와. 단 하루의 외출인 듯한데, 아무래도 규슈 쪽으로 파견될 것 같아."

그 크리스마스를 이틀 앞둔 일요일, 이토코는 약혼자의 운명에 대해 털어 놓았습니다.

"그 사람은 비밀로 하고 있지만, 특공기特功機를 타는 건 기정사실이야. 가고시마鹿兒島로 배치되는 학생은 그렇게 된데.”

이토코는 장갑을 끼면서 기운이 빠진 듯 벽에 기댔습니다.

“하지만”

나는 고개를 끄덕이면서 답했습니다.

“하지만 모두가 가미가제神風를 탄다고 할 수는 없잖아.”

“아냐. 이미 정해져 있어.”

그녀는 고개를 크게 저었습니다. 부릅뜬 눈에서 눈물이 뺨을 타고 흘러내리는 것을 나는 멍하니 바라보았습니다.

“사에키를 사랑하고 있었니?”

“모르겠어. 나는 이제 누굴 사랑하고 있는지도 모르겠고, 사랑한다는 것이 무언지도 알 수 없게 되었어.”

(그 말도 맞아……)

그런데도 불구하고, 현관에서 나는 또 다시 이토코의 얼굴에 내 얼굴을 가까이 들이댔습니다. 눈물이 마른 그녀의 얼굴은 저녁 안개 속에서 윤곽도 형태도 모두 잃고, 단지 멍한 표정이었습니다. 희미한 햇살이 물러간 미지근한 돌 위에 입술을 대듯이 나는 그녀에게 키스를 했습니다.

“크리스마스로군. 모레가.”

“그래. 성모 여학원에서는 무엇을 하고 있을까?”

늘 그렇듯이 한큐 역까지 이토코를 배웅한 후, 나는 듀 랑 씨에 대한 혐오감 때문에 그 소나무 숲 쪽으로 향하지 않고, 당신의 성당 뒤쪽을 지나 집으로 돌아오는 차가운 길을 걸었습니다.

사에키가 크리스마스 밤에 돌아온다. 그는 단 하루 이 마을에서 이토코를 만나고, 특공기를 타기 위해 규슈로 갈 것이다. 그리고 자신은 그것을 알면서도 이토코를 안았다.

신부님, 나는 그때 처음으로 가슴속에 희미한 통증을 느 꼈습니다. 양심의 가책이라든가, 죄의 공포라든가, 하는 격렬한 것은 아닙니다. 그것과는 본질이 전혀 다른, 예를 들면 바늘 끝으로 가슴이 찔린 듯한 희미한 통증이었습니 다.

생각해 보면, 나는 단지 노동하고 싶지 않기 때문에, 더 이상 꼼짝도 하고 싶지 않기 때문에, 이 니가와로 돌아왔 던 것입니다. 그런데도 불과 2개월 밖에 지나지 않은 사이 에, 돌에 부딪는 물결처럼 몇 사람의 인생이 나 때문에 영 향을 받거나 방향을 바꾸거나 하고 있는 것입니다. 사에키 가 그러했습니다. 그리고 3일 전에 병원에서 숨을 거둔 그 청년도 그랬습니다. 필시 그는 죽었을 것입니다. 하지만 그때 내가 호출 버튼을 누르고, 캄플 주사 한 대를 놓았다 면, 반 시간은 생명을 더 유지했을지도 모릅니다. 듀랑 씨의 그 권총 건을 내가 알렸다면, 당신도 다카츠키 헌병대에 끌려가지 않고 일이 마무리되었겠지요. 나는 자신의 업業이라는 것을 생각했습니다. 폐병환자처럼 침대에 누워, 단지 누워 있는 것만으로도 인간은 자신의 주위에 영향을 미친다는 것, 그것은 기묘하고 불가사의한 사실이었습니다. 하지만 이제 와서 이 무거운 추錐를 무엇으로 제거할 수 있겠습니까?

성당 앞에 도착했을 때, 나는 잠시 눈을 감고 그 거친 시멘트벽에 기대어 있었습니다. 어쩌면 신부님은 성당 안에 계실지도 모른다. 크리스마스 전날 밤에 신자들이 죄를 고백하듯이 당신에게 권총 건에 대해 이야기하자.

(이것이 이 2개월 동안에 내가 처음으로 움직이려고 한 순간이었습니다)

성당 문은 삐걱, 하고 소리를 내며 열렸습니다. 붉은 성체등 하나가 우윳빛의 제단 안쪽에 켜져 있었습니다. 당신은 거기에 없었습니다. 몸뻬 차림으로 머리카락을 잡아맨 여학생 하나가 하얀 베일을 접으면서 돌아가려 하고 있었습니다.

"브로우 신부님은?"

"신부님 말입니까?"

그녀는 낯선 나를 의아스럽다는 듯이 바라보면서 답했

습니다.

"다카라즈카로 가셨습니다."

깊은 한숨이 새어 나왔습니다.

(오늘 밤이 아니어도 괜찮아)

또 다시 그 지친 소리가 가슴속에서 속삭였습니다.

(내일 다시 오면 되겠지)

제단 한쪽 구석에 성모화가 걸려 있었습니다. 여학생은 그 앞으로 걸어가 작은 초에 불을 켜고 십자성호를 그었습니다.

그것은 아마도 옛날 서양화가가 그린 복사품으로, 당신이 불란서에서 들여온 것이겠지요. 한 손에 장미꽃을 들고 고개를 한쪽으로 기울인, 하늘빛 옷을 두른 그 여성은 천진난만한 눈길로 하늘을 바라보고 있었습니다.

왠지 그 순간, 나는 조금 전 저녁 안개가 낀 현관에서 다가간 이토코의 평평하고 무감동한 얼굴을 떠올렸습니다. 그것은 결코 성화 속의 성모 얼굴의 모델로 할 수 없는 일본 여자의 모호한 표정이었습니다.

6

듀랑 신부의 일기

12월 21일

냉정해지지 않으면 안 된다. 브로우 서재의 그 책장 유리문을 닫았는지를 생각해내야 한다. 검은 표지의 회계장부와 신자 주소록이 나란히 있었다. 그리고 손수건으로 싼 채로 권총을 그 서류들 안쪽에 밀어 넣었다. 그리고 손수건만을 빼냈다. (기억에 남아 있는 것은 거기까지다) 그 다음은 무의식적으로 서재에서 응접실을 지나, 발끝으로 복도를 걸었던 것밖에 기억이 나지 않는다. 유리문을 닫았을 수도 있다. 헛되이 나는 습관이 지닌 능력이라는 것을 믿으려고 한다. 하지만 만일 문이 열린 채라면, 서재로 돌아온 브로우는 당연히 의혹을 품을 것이다. 그는 신자 주소록과 회계장부 뒤쪽에서 권총을 발견할 것이다.

나이 들어 둔해진 머리를 오늘만큼 저주한 적이 없다. 게다가 왜 하필이면 그 책장을 골랐을까. 회계장부와 주소록은 사제가 매일이라고 해도 좋을 정도로 꺼낼 필요가 있는 서류인 것이다. 결국 나는 가장 발견되기 쉬운 곳에 권총을 감추었던 것이다…….

단 하나의 희망은, 브로우는 그 권총이 내 것이라는 것을 모른다는 점이다. 하지만 만일 낯선 권총이 놓여 있다면 브로우는 분명히 경찰에 전화를 걸 것이다.

나는 계속해서 일어날 수 있는 결말을 상상하며 이리저리 꿰어 맞춰 보았다. 하지만 그 어떤 상상도 결국은 한 가지 어두운 결론으로 귀결될 뿐이었다. 나는 스스로 자신의 무덤을 팠던 것이다.

그 일은 그렇다 치고, 어제 오후에 그 치바라는 청년을 찾아가 보았다.

그는 분명 내 말 같은 건 믿지 않고 있다.

12월 22일

나는 기미코의 눈을 보았다. 갑자기 8년 전 그 밤의 일이 선명하게 되살아난다. 그 밤도 기미코는 탈을 쓴 듯한 표정으로 나를 쳐다볼 뿐이었다. 그리고 나는 깊이를 알 수 없는 정욕의 늪으로 미끄러져 들어갔다…….

물론 기미코는 20일 아침의 일을 모른다. 이브가 아담을 악으로 유혹했듯이 내게 작은 소리로 유혹했던 것은 아니다. 단지 그녀는 일본인이 그러하듯 닳아빠진 다다미 위에 앉아 있었을 뿐이다. 그녀의 시선은 얼어붙은 듯 다다미에 머물러 있었다. 그러나 나로서는 그녀가 낮은 목소리로 계속해서 악으로 유혹하는 듯 생각되었다.

(이렇게 된 이상, 아무리 죄를 지어도 마찬가지잖아요. 그 죄의 무게로 영혼이 혼탁해질 때까지 되풀이하는 거예요. 그렇게 되면 당신은 피부색이 누런 우리들처럼 죽음에 대해서도 죄에 대해서도 무감동해질 거예요)

(그렇지만 지금 나에게 뭘 하라는 거야)

(브로우가 권총을 숨기고 있다고 경찰에 편지를 보내는 거예요. 선수를 쳐야 해요. 필적이 들키지 않도록 신문의 글자를 한 글자 한 글자 잘라내어 풀로 붙이는 거예요 ······)

오후, 나는 신문의 글자를 잘라내어 브로우를 밀고할 편지를 만들고, 그것을 니가와 다리에 있는 우체통에 던져 넣었다······.

12월 23일

평상시와 달리 브로우는 오랫동안 성당에서 나오지 않았다. 처음에 나는 그가 미사에 이어 성체강복을 하기 시작한 것이 아닐까, 하고 생각했다. 전에 그러했듯이, 아야코 씨와 이시타 씨를 둘러싸고 문 앞에서 쓸데없는 이야기를 주고받던 신자들이 각각 집으로 돌아간 후 나는 다시 발소리를 죽여 성당 안을 살폈다.

브로우는 서품식 때처럼 마룻바닥에 엎드려 있었다. 오랫동안 그는 엎드린 채 죽은 듯이 꼼짝하지 않았다. 나는 그가 양손을 벌리고, 머리카락을 쥐며 몸부림치는 모습을 놓치지 않고 지켜보았다. 울고 있는 듯했다. 왜 울고 있는지 나로서는 알 수 없었다.

그가 일어나 제의실로 들어갔을 때, 나는 재빨리 성당을 나와 사제관 앞으로 되돌아갔다. 늘 그랬던 것처럼 푸르고 어린애 같은 눈으로 브로우는 나를 바라보았다. 그 표정과 몸짓에는 아무런 변화도 보이지 않았다. 아무런 변화도 보이지 않았지만 눈에는 확실히 눈물자국이 있었다.

"피에르, 무슨 일이 있었습니까?"

나는 당황한 척 고개를 숙이고, 식료품이 떨어졌다는 것, 물건 살 돈이 없다는 것을 우물거리며 말했다.

"일단 방으로 갑시다. 준비한 건 별로 없지만."

그 서재에 들어섰을 때, 나는 재빠르게 책장에 눈길을 주었다. 유리문은 20일 아침처럼 굳게 닫혀 있었다.

"신자들은 좀 늘었나?"

"효과가 없습니다. 최근 2개월, 세례 받은 사람이 한 명도 없어요."

그는 슬픈 듯이 어깨를 움츠렸다.

"신자들 중에도 미사에 빠지는 사람이 많아졌어요."

"결국 선교 방식에 문제가 있는 건 아닐까?"

파이프를 입에 물면서 나는 태연한 척 서서히 책장 쪽으로 몸을 옮겼다.

"선교 방식 말입니까?"

"그래. 나 역시 옛날에 그랬었는데, 당신들 유럽의 사제들은 일본인을 잘 이해할 수 없는 것은 아닐까? 당신네들은 교회의 오랜 전통을 지닌 유럽과, 교회의 전통이란 아무것도 없었던 일본을 똑같이 생각하고 있는 게 아닐까? 결국, 대륙의 선교지에 신부를 파견하듯 섬나라 일본에 신부를 파견하고 있는 게 아닐까? 방식도 획일적이고 공식적이지. 간단히 말해서, 극히 평범한 일본인을 생각해 보게. 그가 천주天主를 필요로 할까? 그리스도라는 것을 실감할 수 있을까?"

책장 속은 그날 아침과 같이 전혀 변함이 없었다. 회계 장부, 주소록, 카드 상자는 그대로 같은 위치에 놓여 있었고, 손을 댄 흔적은 없는 듯했다.

"별 이상한 말씀을 다하십니다."

브로우는 화가 난 듯 소리쳤다.

"가톨릭 신앙이라는 것은 국경과 인종을 초월한 것입니다."

"하지만 나 같은 배교자는 제외되어 있어."

나는 처음으로 그에 대한 일종의 우월감을 맛볼 수가 있었다. 브로우, 자네의 신神은 이 습기 찬 나라, 피부 색깔이 누런 황인종 사이에 그 뿌리를 내릴 수 있다고 생각하고 있는가? 자네는 황색인이 기미코나 그 청년과 같은 눈을 지니고 있다는 것을 깨닫지 못하고 있어. 그 무지는 자네가 그들의 죄에 물들지 않았다는 점, 하얀 손을 더럽히지 않았기 때문일 거야. 하지만 나는 기미코를 범함으로써 그들의 혼魂의 비밀을 알게 되었어…….

"그래, 물론 그렇지. 하지만 일본인이 신神을 믿고 있지만, 그것은 그들의 다신多神일뿐, 절대로 유일신이 아니라는 걸 자네는 망각하고 있어."

"다신多神은 정복됩니다."

"피에르, 가톨릭 신앙은 이단적인 범신론을 흡수해서, 그 가나의 기적처럼……"

확인할 것을 확인한 이상 나는 여기에 머물 필요가 없었다. 엷은 웃음이 내 입가에 떠올랐다.

브로우는 늘 그랬듯이 문 입구까지 배웅해 주었다. 그는 내 손에 돈을 쥐어주면서 돌연 작은 소리로 속삭였다.

"안심하세요. 그리고 모든 걸 잊으세요."

"뭘 말인가?"

나는 멍하니 그의 미소 짓는 얼굴을 바라보았다.

"역시 가톨릭 신앙은 가나의 기적입니다. 피에르, 당신을 자살로 내몰았던 것은 오늘부터 영원히 사라질 겁니다."

그 목소리가 너무나도 맑고 고요했기에, 나는 그가 앞서 서재에서 하던 이야기를 계속하는 것이 아닐까, 생각할 정도였다.

"안녕히 가세요, 피에르. 좋은 크리스마스가 되세요."

브로우는 다시 내 손을 잡고는 그대로 응접실로 사라졌다.

니가와 다리까지 걸으면서 나는 브로우가 했던 말을 생각했으나 그 의미를 파악할 수 없었다.

오늘도 바람은 롯코산에서 세차게 불어 내렸다. 그 바람을 막으려고 손으로 얼굴을 가렸을 때, 그때 나는 또 다시 자신의 죽음을 보았다. 그 죽음은 내가 이 일기를 쓰기 시작한 첫 번째 날, 미사를 마치고 돌아가던 이 니가와 다리에서 롯코산으로부터 불어 내려오는 찬바람을 정면으로 맞고 얼굴을 손으로 가렸을 때, 어둠 속에서 느꼈던 것과는 전혀 달랐다. 그때는 내가 죽은 뒤의 슬픈 얼굴이었다. 하지만 지금 떠오른 영상은 묵시록이 사실적으로 묘사한 지옥에 있는 나의 모습이었던 것이다. 천사가 일곱 개의 그릇을 차례차례로 지상에 붓고, 그 진흙 바다에 떠내려가면서 죽은 자들이 (그 수는 엄청났으리라) 손을 쳐들고, 외치고, 혀를 깨물고, 신(神)을 저주하고, 욕하는 모습을 나는 선명하게 보았다. 떠내려가는 죽은 자들 가운데서 이 뒤랑의 얼굴이 떠올랐다 가라앉았다 하다가, 사라져가는 것도 선명하게 보았다.

물론 이것은 한순간의 일이었다. 눈을 떴을 때, 자전거를 탄 젊은 남자가

"뭘 하는 거야?! 다리 한가운데 서서."

라고 고함치면서 내 곁을 지나갔다. 가와니시의 공장에서 검은 연기가 납빛의 하늘로 피어오르고 있었고, 사이렌 소리가 들려왔다. 각반을 신고 가방을 든 간사이 학원 학생들이 어슬렁거리며 강가를 걷고 있었다. 모든 것이 어제, 그제, 반년 전의 아침과 똑같은 풍경이었다. 나는 아직 살아 있고, 그들 일본인도 아직 살아 있다. 그러나 나는 하느님을 거부하면서도 그 존재를 부정할 수는 없다. 그는 내 손가락 끝까지 배어들어 있다. 그런데도 불구하고 이 학생들, 방금 나를 스쳐 지나간 젊은 남자도, 치바와 기미코도, 이 일본인들은 하느님의 존재와 상관없이 모든 것을 해결하고 있는 것이다. 교회, 죄의 고통, 구원에 대한 갈망, 우리 백인이 인간의 조건이라고 생각했던 모든 것에 대해 무

관심하고 무감각하게, 애매모호한 상태로 살 수 있는 것이다. 도대체 어떻게 그럴 수가 있는지, 이해가 안 된다.

다리에 기대어 눈앞에 자신의 양손을 펼쳐보았다. 손은 동상으로 인해 부어서 보랏빛 얼룩이 배어 있었다. 하지만 금빛 털이 나 있는 손등은 분명히 백인의 손이었고, 하느님을 믿든지, 미워하든지, 둘 중의 하나를 선택하지 않으면 안 되는 백인종의 손이었다. 나는 황색인이 될 수 없었고, 이 피부색 또한 바꿀 수가 없었다.

나는, 내리는 비를 바라보며 이 비가 그치면 어떨까, 라고 상상하듯 모레가 크리스마스라는 것을 멍하니 생각해냈다.

7

신부님, 당신은 듀랑 씨에게 가톨릭 신앙은 가나의 기적이라고 말씀하셨습니다. 그리스도의 최초의 기적이 물을 포도주로 변화시킨 것이라고 어린 시절에 배웠던 것을 기억하고 있습니다. 모든 인간의 운명의 배후에는 신神의 은밀한 섭리가 작용하고 있고, 물을 포도주로 변화시키듯 은총은 죄마저도 정화시킨다고. 하지만 당신네들이 섭리라고 부르는 것조차 내게 있어서는 운명처럼 여겨집니다.

성당을 찾아갔던 그저께 밤, 만일 내가 성당에 앉아 당신을 기다리고 있었다면 어떻게 되었겠습니까? 그저께 밤은 그렇다 하더라도, 오늘 아침에 만일 두 시간 빨리 사제관에 가서 듀랑 씨의 말을 알려 드렸다면, 당신은 다카츠키로 연행되지 않았을지도 모릅니다. 하지만 늦던 빠르던 모든 것은 마찬가지였던 게 아니겠습니까? 듀랑 씨의 술책이나 나의 태만과는 무관하게 당신은 자신의 운명을 짊어져야 했던 것이 아닐까요?

오늘 아침 눈을 떴을 때, 늘 그랬듯이 손발은 뜨거웠고 뼈 마디마디에 심한 피로를 느끼며 나는 중얼거렸습니다.

(그를 만나러 갔어야 했는데)

종이에 뱉은 담은 누렇고 걸쭉했습니다. 이토코를 안을 때마다 병이 조금씩 악화되는 것을 느낄 수 있었습니다.

(피로가 풀리고 나면 가자. 낮에 가는 것이 신부님을 만날 확률이 높겠지)

라고.

하늘은 납빛으로 무겁게 덮여 있습니다.

(조금만 더, 조금만 더 있다가 가자)

자신의 마음을 진정시키듯 그렇게 중얼거리면서도, 한편으로 나는 피로가 영원히 사라지지 않으리라는 것, 나 자신이 결코 당신에게 가지 않을 것도 알고 있었습니다.

게다가 오늘은 사에키가 공군부대에서 이토코를 만나기 위해 돌아오는 날입니다. 이토코는 그를 만날 것입니다. 사에키가 혹시 우리 두 사람의 일을 알지도 모르죠. 하지만 어떻게 하란 말입니까? 사에키의 심판을 받고 죄의 대가를 치룬다, 그런 연극 같은 짓을 한댔자 무슨 소용이 있겠습니까? 자신과 이토코의 관계가 어쩔 수 없었다든가, 전쟁 탓이었다고는 전혀 생각하지 않습니다. 하지만 그것을 부끄러워하거나 괴로워하거나 하는 것도 귀찮았습니다.

노부부의 작은 방에서 관례대로 경보를 알리는 부저 소리 외에는 아무 소리도 나지 않는 조용한 오후였습니다. 잠깐 동안 나는 또 다시 잠이 들었습니다.

눈을 뜨자 이토코가 머리맡에 앉아 있었습니다.

"사에키 마중 가지 않았어?"

"오늘 4시에 산노미야에 도착해. 그보다도 오늘 아침 브로우 신부님이……"

이토코는 당신이 끌려갔다고 말했습니다. 사복 헌병 둘이 성당에 찾아와, 때마침 성탄 준비 고백성사를 주고 있던 당신을 밖으로 끌어냈던 것입니다.

"사에키가 돌아온다고 알려드리러 성당에 갔었어. 문에 들어서니 신부님이 헌병 두 사람 사이에서 계단을 내려오

던 중이었어. 놀란 신자들을 보며 미소를 짓는 거야. 마
치……"

이토코의 목소리는 떨고 있었습니다.

"마치 자신의 운명을 알고 계신 듯했어."

"듀랑 씨는?"

이토코는 고개를 저었습니다.

(마치 자신의 운명을 알고 계신 듯했어)

내 머릿속에서는 시나노마치 역에서 본, 웅크린 노인의
모습, 갈색 모래 먼지가 일다가 스러지는 도쿄의 풍경, 결
핵에 걸려 독방에서 죽어간 청년, 삭막해진 겨울 정원을
물끄러미 쳐다보고 있는 창백한 이토코의 옆 얼굴, 그러한
영상들이 하나하나 의미도 연관성도 없이 떠올랐다, 사라
졌다 했습니다.

당신이 체포되었다는 사실도 이상하게 아무런 놀라움도
감동도 불러일으키지 않습니다. 모든 사람, 모든 것이 이
제는 꼼짝할 수 없는 어떤 궤도에 놓인 듯이 생각되었습니
다. 이토코의 손을 잡아 살그머니 당겼습니다.

"안 돼."

그녀는 약한 힘으로 내게 저항했습니다. 하지만 결국 이
토코의 몸은 침대 위로 쓰러져 내렸습니다.

"안 돼. 오늘만큼은. 사에키가 오는 날인 걸."

해질녘 바다에 발을 담그고 미지근한 온도를 재듯이 나는 축축하고 나른한 육욕의 흐름에 몸을 맡겼습니다. 어딘가에서 사람들이 죽고, 상처 입고 그리고 신음하고 있는 시각이었습니다. 당신이 비좁은 작은 방에서 그들로부터 심문 받고 있는 시각이었습니다. 나와 이토코는 침대에 누워 지친 눈으로 천정을 바라보며 꼼짝하지 않았습니다.

금속과 금속을 비비는 듯한 소리를 내면서 부저가 몇 차례 울리더니

'적기…… 오사카大阪만에…… 간사이關西군 관구 방공사령부'

라는 젊은 남자의 상기된 목소리가 띄엄띄엄 들려 왔습니다.

"방공호에 들어가는 게 좋겠어."

손가락으로 창을 두드리는 소리가 들리더니 노인의 얼굴이 나타났습니다.

"뭐하고 있어? 적기가 가까이 왔는데."

멀리서 고사포 소리가 창에 전해져 왔습니다.

(일어나야겠군)

하고 나는 중얼거렸습니다. 하지만 또 다시 그 지치고 나른한 기분이 손과 발을 꼼짝 못하게 꽉 눌렀습니다.

(피난가기에는 아직 이르겠지)

그때 정원에서 희미한 소리가 들렸습니다. 뭔가 녹색 종이에 싸인 것이 땅에 떨어졌던 것입니다.

담장 사이로 누군가 몸을 숨긴 것이 느껴졌습니다. 옆집 노인이겠지, 하고 생각했습니다. 하지만 틈새 너머로 엿보인 갈색의 낡은 외투는 눈에 익은 것이었습니다. 20일 황혼녘, 이 현관에 나타난 듀랑 씨가 입고 있던 것이었습니다.

(뭐 하러 왔을까?)

이토코를 침대에 남겨두고, 나는 불란서식의 창을 통해 정원으로 내려갔습니다. 노인은 나를 발견하자 그대로 류머티즘을 앓는 다리를 질질 끌면서 니가와 다리를 향하여 걷기 시작했습니다.

나는 듀랑 씨가 떨어뜨리고 간 종이꾸러미를 집어 들었습니다. 꾸러미는 우선 녹색 종이로 포장되어 있었는데, 책 같은 것이었습니다. 겉포장 속은 또 다시 서양 글자가 인쇄된 신문지로 싸여 있었습니다. 나는 그 찢어진 틈 사이로, 검은 잉크로 쓰인

'언젠가 브로우에게 전해 주십시오.'

라는 듀랑 씨의 글씨를 발견했습니다.

집으로 돌아서려 할 때, 갑자기 노인의 큰 비명 소리가 들려왔습니다. 달리는 열차 소리와 같은 굉음이 머리 위에

서 났습니다. 세찬 바람이 얼굴을 때렸습니다.

지붕 기와가 떨어져 나뒹굴고, 열어 두었던 불란서식의
창유리와 집 벽에 먹물을 뿌린 듯이 지그재그 형태로 금이
가며, 그것들이 부서져 흩어지는 광경이 눈에 확 들어 왔
습니다. 심하게 땅이 울리자 나는 비틀거리면서 지면에 엎
드렸습니다.

......

가와니시의 공장에서 검은 연기가 정원으로 흘러 왔습
니다. 불타오르는 소리, 뭔가 터지는 소리와 함께 무수한
인간들이 일시에 소리 지른 것처럼, 울림이라고도 함성이
라고도 할 수 없는 것이 멀리서 들려오고…… 나는 그때
얼굴을 땅에 대고, 그 고분 흙의 감미로운 냄새를 떠올리
려고 했습니다.

......

순간, 기분 나쁠 정도로 아주 조용해졌습니다. 이토코는
침대에서 떨어져, 폭풍爆風으로 부서진 벽의 잔해 속에 쓰
러져 있습니다. 안아 일으키자 뺨에서 유리 파편이 진주처
럼 흘러내리며, 붉은 피가 흘러 나왔습니다.

"4시에"

그녀는 흰 눈을 뜨고 졸린 듯 중얼거렸습니다.

"사에키가 와. 가야 돼."

그리고는 다시 눈을 감았습니다.

"4시에······"

······

"서양인이 이곳에 죽어 있어!"

누군가가 길에서 외치는 소리가 났습니다. 듀랑 씨가 죽었군, 하고 멍하니 생각했습니다.

······

황혼, B29는 기이한토를 빠져나가 바다로 사라졌습니다. 무서울 만큼 조용합니다. 2시간 전의 그 폭격으로 인한 아비규환의 지옥과 같은 장면도 마치 거짓말처럼 조용합니다. 가와니시 공장을 삼켜 버린 검은 불길도 사그라졌지만, 뭔가가 폭발하는지 둔탁한 작열음이 유리가 없어진 창을 통해 희미하게 들려옵니다.

짤막한 양초 아래서 쓴 이 편지도 이제 마무리하겠습니다. 벌써 한밤중입니다. 성탄 밤이라는 것을 잊고 있었습니다. 당신에게 있어 성탄은, 이 어둠 속에 신神께서 빛을 내려주신 밤이겠지요. 하지만 누런 피부색을 지닌 우리들에게는 어둠도, 빛도, 그 구별이 없습니다. 듀랑 씨는 죽기 전에 그것을 알았던 것입니다. 폭격 직전에 류머티즘을 앓는 다리를 질질 끌며 걸어간 그 노인의 뒷모습이 아직도 눈에 선합니다. 폭격이 그를 죽인 것이 아닙니다. 일기를 내게 맡긴 이상, 그가 자살했을 것이라는 느낌을 떨칠 수가 없습니다. 그가 그 때문에 당신네들의 신神으로부터 심판을 받고 있는지, 아니면 심판도 벌도 없는 황색인의 세계, 지쳐서 눈을 감듯 텅 빈 잠 속으로 빨려 들어갔는지, 나로서는 알 수 없습니다. 하지만 같은 백색인일지라도 듀랑 씨라면 우리는 이해할 수 있을 것 같습니다. 그러나 당신과 같이 새하얀 그 세계만큼 피부색이 누런 우리들과 동떨어진 것은 없습니다. 그것이 이 편지를 쓰게 한 이유가 될지도 모르겠습니다.

신神.

30년 넘게 신을 믿어왔다고 생각했다. 그리고 20년 넘게 종교문학을 연구해오고 있다.

그러나 아직도 신과 인간의 관계에 대해 잘 모르겠다. 인간은 왜 신을 필요로 하는지, 왜 때론 신으로 인해 고통스러운지도.

인간은 본디 행복과 불행 사이에 존재하기 때문일 것이다. 행복을 쫓아가지만, 행복은 한순간 반짝이다 떨어지는 유성처럼 순간 머물다 찰나에 반대편으로 기울어져 버리는 것이고, 삶이란 언제까지나 행복 깔린 낙원에서 길고 긴 잠을 잘 수 없다는 것을 알아간다. 그리고 언젠가는 그 유한의 슬픔을 깨달아가기에, 그 모든 것을 겸허히 받아들이는 그 겸손의 자리에 신은 존재하는 것이리라.

신은 자신의 신성神性으로 인해 인간이 행복해지고 평화롭기를 바랄 것이다. 그러나 정작 인간은 그 신으로 인해 더 무거운 십자가를 짊어져야 하는 기막힌 현실이 있다. 그럼에도 인간은 그 신과 무관할 수가 없다.

오랜 세월 내 삶을 지탱해 오고 있다고 믿었던 그 믿음에도 불구하고 사람들의 종교에 걸려 넘어진다. 그리고 신을 위해 살았고 신에게 봉헌되었던 한 사람이 문 밖에 서 있다. 누가 그에게 신을 사랑하지 않았다고 할 수 있을 것인가. 나는 그가 문 안에 서 있는 누구보다도 뜨거운 마음으로 그 신을 사랑하고 있음을 잘 안다.

이러한 우리들의 상처를 감싸 안고 싶다. 아마도 신은, 이 세상의 모두가 자신으로 인해 상처받기를 원치 않을 것이며, 그 상처로 피 흘리는 것을 원치 않을 것이라는 생각이 들어서이다. 나는 이 작품을 그런 마음으로 준비했다.

엔도 슈사쿠遠藤周作의『백색인白い人』은 제33회 아쿠타가와상賞을 수상한 작품이다. 엔도는 프랑스 유학에서 돌아온 후, 유럽의 〈신의 세계〉를 경험한 〈나〉가 결국 동양의 〈신들의 세계〉로 돌아올 수밖에 없었다는 자전적 소설,『아덴까지』를 발표했는데, 그 6개월 뒤에『백색인白い人』을 발표하였고, 또 6개월 뒤에『황색인黄色い人』을 발표했다.

엔도는 이 두 작품을 같은 시기에 병행하여 썼고, 같은 해에 두 작품을 각각 발표했다(1955년「근대문학」5·6호/1955년「群像」11월). 이처럼 이 시기 엔도에게 있어서는 〈백색〉과 〈황색〉은 첨예하게 대립되는 색이었고, 사상이었고, 신관神觀이었다. 엔도에게 있어서 〈백색〉과 〈황색〉의 이분법적 대립양상이 싹트게 된 동기는 유년 시절에 받은 세례와 대학 졸업 후 떠난 프랑스에서의 유학체험이었다.

엔도 자신은 아쿠타가와상賞 수상소감에서 다음과 같이 밝히고 있다.

나는 가톨릭 신자였기 때문에 철들기 시작한 이후로 신의 문제로 괴로움을 당해 왔습니다. 외국 문학을 배울 나이가 된 이후에도 신의 전통이 장구한 백색인의 세계와, 신이 있든 없든 상관없던 이 동양 세계와의 사이에서 방황했습니다. 그 일은 프랑스로 건너가 더욱 심해졌습니다.

작년 말이 되어 나는 소설을 쓰기 시작했습니다. 작품의 첫 행에 쟈크 몽쥬라는 외국인의 이름을 써 넣었습니다. 그러자 이 이름에서 신과 악마, 신과 인간, 선과 악, 육체와 영혼, 그 모두의 피비린내 나는 투쟁에 대해 쓸 수 있을 것 같은 느낌이 들었습니다. 하지만 나는 쟈크가 아닙니다. 백색인이 아닙니다. 피부색이 누런 일본인입니다. 그래서 나는 다시 일본인의 이름을 거기에 썼습니다. 그러자 갑자기 그 누런빛을 띤 얼굴에서는 격정이 사라져버렸습니다. 작가로서 나는 이 점에 대해 많은 고민을 했습니다.

「감상－아쿠타가와상賞 수상의 말」文藝春秋 1955년 9월 동양인인 엔도가, 더욱이 독특한 범신적 종교양식을 갖고 있는 일본인인 엔도가, 프랑스에서 서양문학을 공부하면 할수록 증폭되어가는 〈백색인〉의 세계와 〈황색인〉의 세계와의 갈등은, 결국 엔도 문학의 뿌리가 되어갔으며, 이와 같은 이질감과 거리감은 이윽고 〈백색〉과 〈황색〉이라는 대립되는 〈색〉의 문제를 야기했고, 결국 이것을 넘어서 〈백색인의 세계가 상징하는 신〉과 〈황색인의 세계가 상징하는 신〉의 문제로 귀결되기에 이르렀다. 그리고 〈백색인의 세계가 상징하는 신〉은 유일신의 '신'으로, 〈황색인의 세계가 상징하는 신〉은 일본의 범신론적인 '신들'로 묘사되어갔다. 엔도는 이러한 구조 속에서 신과 신들, 신과 인간, 신들과 인간, 신과 선, 신과 악, 인간과 선, 인간과 악의 문제를 형상화해갔다.

　또한 〈백색인〉과 〈황색인〉은 인간 내면에 내재되어 있는 악과 선의 대립만을 그린 작품이 아니라, 신이 절대적 가치를 갖는 서구인 〈백색인의 세계〉에서도 그 신을 믿는 인간과, 그 신을 부정하는 인간이 상호 존재하고 있으며, 이 둘 역시도 항시 대립하고 있음을 그리고 있다. 나아가, 이 작품은 설혹 신을 부정하며 신과 격렬히 투쟁하고 있다 하더라도, 그 투쟁을 통해서 이르게 되는 어떤 섭리에 대한 고백성사이기도 하다. 그런 면에서 이 두 작품은 고백의 형식을 취하고 있다.

역자인 본인은 엔도의 여러 작품을 번역했지만, 이번 작품처럼 어려움을 겪은 작품이 없었다. 번역을 끝마치고도 책 제목을 정하기가 어려워 많은 시간이 경과되었다. 그만큼 이 두 작품이 엔도문학에 있어 차지하는 비중이 크기 때문이기도 하지만, 엔도문학을 전공하는 입장에서 이 두 작품에 대한 애정과 독자의 이해를 돕고자 하는 욕심이 컸기 때문이었는지도 모르겠다.

하여, 고민 끝에 원제인 『백색인』, 『황색인』에 부제목인 〈신의 아이〉와 〈신들의 아이〉를 덧붙여 『신의 아이·백색인』과 『신들의 아이·황색인』으로 정하게 되었다. 부디, 고심하여 덧붙인 이 제목이 이 책을 읽는 독자들에게 조금이나마 도움이 될 수 있기를 바란다.

그리고 역자는 이 두 작품에 관한 논문을 각각 발표한 바 있다. 만일, 이 작품을 읽은 독자들이 작품의 연구 동향에도 관심이 있다면 「엔도 슈사쿠의 『백색인』의 神 — 도전과 발전을 통과하며」(『일본문학 속의 기독교』 한국일본 기독교 문학 연구총서 No 4, 제이엔씨, 2006년)와 「엔도 슈사쿠의 『황색인』에 투영된 〈유다〉」(『일본문학 속의 기독교』 한국일본 기독교 문학 연구총서 No 5, 제이엔씨,

2007년)를 참고하면 도움이 될 수 있을 것이다.

　마지막으로, 이 번역서가 신으로 인해 가슴 벅찬 사람들은 물론이지만, 신으로 인해 아픈 사람들에게 위로가 될 수 있기를 바란다.

역자　이평춘

신의 등 뒤에

서 있는 사람들도

위로하소서.

지은이ㅣ **엔도 슈사쿠(遠藤周作)**

  1923년 도쿄에서 출생. 12살에 바오로라는 세례명으로 세례를 받았고, 게이오 대학 불문학과를 졸업한 후 현대 가톨릭문학을 공부하기 위해 프랑스로 유학. 결핵으로 인해 2년 반 만에 귀국한 뒤,『백색인』으로 아쿠타가와상(賞)을 수상하며 본격적인 작가 활동 시작.

  대표작으로는『침묵』,『바다와 독약』,『내가 버린 여자』,『예수의 생애』,『그리스도의 탄생』,『깊은 강』등 다수가 있다.

  1996년 9월 29일 유명을 달리하였으며 東京 府中市 가톨릭 묘지에 잠들어 있다. 엔도문학은 多神性을 지니고 있는 일본 토양 안에서의 기독교 토착화 문제 및 인간에게 있어서의 죄와 악의 문제를 심도 있게 다루고 있는 것이 특징이다.

옮긴이ㅣ **이평춘(필명 이평아)**

• 와세다대학 대학원 일문학 연구생 수료
• 도쿄가쿠게이(東京學藝) 대학 대학원 일문학 석사
• 도쿄 시라유리여자대학 대학원에서 〈엔도 슈사쿠 문학〉으로 문학박사
• 현재 연세대학교, 명지대학교 일어일문학과 외래교수

번역서
• 엔도 슈사쿠『바다와 독약』가톨릭출판사
• 엔도 슈사쿠『예수의 생애』가톨릭출판사
• 엔도 슈사쿠『그리스도의 탄생』가톨릭출판사
• 엔도 슈사쿠『내가 버린 여자』어문학사

신의 아이(백색인白い人)・신들의 아이(황색인黃色い人)

초판 1쇄 발행일 2010년 4월 20일

지은이 엔도 슈사쿠
옮긴이 이평춘
펴낸이 박영희
편집 이선희・김미선
표지 강지영
교정・교열 이은혜
책임편집 강지영
펴낸곳 도서출판 어문학사
  132-891 서울특별시 도봉구 쌍문동 525-13
  전화: 02-998-0094 / 편집부: 02-998-2267
  팩스: 02-998-2268
  홈페이지: www.amhbook.com
  e-mail: am@amhbook.com
  등록: 2004년 4월 6일 제7-276호

ISBN 978-89-6184-098-9 03830

정가 11,000원

인 지 는
저 자 와 의
합 의 하 에
생 략 함